http://www.bbulmedia.com

BBULMEDIA
http://www.bbulmedia.com

무림영주

武林領主

무림영주

武林領主

윤지겸 퓨전 판타지 소설

6

목 차

1장

절강무련

장방형의 방 안에 긴 탁자가 놓여 있었다. 탁자에 놓인 찻잔과 마련된 의자는 모두 스무 개. 즉, 스무 명분의 자리가 마련되어 있었다. 하지만 그중 자리를 차지한 이는 모두 열네 명으로, 남은 여섯 자리의 주인은 보이지 않았다.

방을 채우고 있는 이들은 삼십 대부터 오십 대까지 다양한 연령층의 사내들이었다. 그런데 모여 있는 이들의 분위기가 심상치가 않았다. 하여 방 안에는 그저 무거운 정적과 험악한 기운만 가득할 뿐이었다.

방 안 가득한 험악한 기운 탓인지, 아니면 그 험악함을 만들어 낸 것이 모여 있는 사내들인지 하나같이 싸늘한 표정으로 입을 꾹 다물고 있었다.

가끔 눈길을 돌리다 서로 시선이 마주치면 두 눈 가득 살기를 번뜩이고는 고개를 홱 돌릴 뿐, 입을 여는 이는 없었다.

그때, 방문이 열리며 또다시 몇 명의 사내들과 한 명의 여인이 안으로 들어섰다.

모두의 시선이 새로 방 안으로 들어선 이들을 좇았다. 그중 가장 앞서 걷고 있는 이는 담기령이었다. 그리고 지금 사내들이 모여 있는 곳은 담씨세가 처주부 부도의 분가인 담평장에 마련된 임시 취의청이었다.

담기령은 느리지도 빠르지도 않은 걸음으로 방의 가장 안쪽으로 들어갔다. 그리고 방 안에 모인 이들과 일일이 시선을 맞춘 후, 포권을 하며 방 안의 정적을 깨트렸다.

"처주무련의 련주인 담기령입니다. 먼 길인데도 이렇게 본 련의 요청에 응해 주셔서 감사합니다."

하지만 방 안의 사람들, 절강성 각 지역 무림 세력의 주인들은 입을 꾹 다문 채 눈길만 줄 뿐, 대답을 하는 이는 보이지 않았다. 오히려 방 안의 분위기가 한층 더 냉랭하게 변했다.

담기령은 이런 반응을 이미 예상하고 있었다는 듯 별다

른 내색 없이 말을 이었다.

"우선 저희 처주무련에서 거창하게 절강무림대회라는 이름을 붙여 가며 귀공들을 모이게 한 이유부터 말씀드릴까 합니다."

담기령의 말이 끝나기가 무섭게 누군가의 목소리가 새어 나왔다.

"절강무림대회? 크큭, 처주무련이 언제부터 절강무림을 대표할 수 있었는지에 대해서부터 설명해야 되는 것 아닌가?"

그리 큰 목소리는 아니었지만, 모두들 입을 다물고 있던 탓에 뚜렷하게 방 안에 울려 퍼지는 소리. 게다가 이죽거리는 말투는 물론, 그 내용까지도 비아냥거림이 가득했다.

하지만 담기령은 이 역시도 예상했던 일이라는 듯 조금도 당황하지 않고 입을 열었다.

"그 부분에 대해서는 저희가 좀 주제넘었을 수도 있겠군요. 한데 지금 말씀하신 분은 누구신지요?"

사십 대 초반으로 보이는 덩치 큰 사내가 벌떡 자리에서 일어서며 말했다.

"허허, 사람을 부르면서 누군지도 모르고 부른 모양이오?"

"죄송합니다. 저희가 처주부 밖의 사정에는 조금 어두운 편이라 그러니 양해해 주십시오."

"소흥부 화웅방 방주 남세천이오."

"남 방주님이셨군요."

"그렇소이다. 흥, 그런 주제에 절강무림대회라니! 가당치도 않구먼!"

남세천은 고개를 홱 돌리며 끝까지 빈정거리는 말을 입 밖으로 쏟아 냈다.

담기령이 곧장 고개를 끄덕이며 머릿속에 담아 두었던 것들을 되새겼다. 소흥부 남부의 세 개 현과 부도를 장악하고 있는, 절강성 내에서는 꽤 강한 전력을 보유하고 있는 방파였다. 그러니 저렇게 거만한 태도를 보이는 것도 어쩌면 당연한 일이었다. 물론, 담기령이 그것을 그냥 보아 넘길 리는 없었다.

"말씀하시는 걸 보니 이 자리가 썩 마음에 들지 않는 모양이군요? 그러시면 이 방에서 나가 주시지요."

그에 남세천이 당혹스러운 표정으로 담기령을 노려보았다.

"뭐, 뭣이!"

"굳이 내키지도 않는데 억지로 붙잡아 두는 것도 예의가 아니지 않겠습니까?"

"가, 감히 우리 화웅방을 능멸하겠다는 말이냐!"

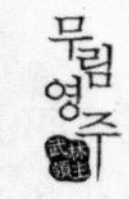

참지 못하고 버럭 소리를 지르는 남세천을 향해 담기령이 고개를 갸웃거리며 되물었다.

"이 자리가 마음에 들지 않으시는 듯해 편하게 나서실 수 있도록 말씀을 드린 것인데, 어떻게 하면 그것이 능멸이 될 수 있는지 설명을 해 주시겠습니까?"

남세천의 얼굴이 붉으락푸르락 달아올랐다. 분명 자신을 가지고 놀고 있는데, 딱히 반박할 말이 떠오르지가 않는 탓이었다.

'젠장, 괜한 짓을!'

그렇다고 자리를 박차고 나설 수도 없었다. 아니, 지금은 절대 이곳을 떠나서는 안 되었다.

처주무련이 지금의 모임을 두고 내건 이름은 절강무림대회였다. 몇 년 전 담씨세가가 열었던 처주무림대회와 지명이 바뀌었을 뿐, 같은 이름.

현재의 처주무련은 절강성 내에서 누구도 견줄 수 없을 정도로 강력한 세력이었다. 그 처주무련의 시작이 처주무림대회였다는 것은 이곳에 자리한 모두가 아는 사실. 더불어 당시 처주무림대회에 동조했던 이들과 거부한 이들의 전혀 다른 결과에 대해서도 잘 알고 있었다.

그러니 일단은 지금 이곳에 붙어 있어야 했다. 순간을 참지 못하고 뛰쳐나갔다가는 크게 후회할 일이 생길 가능성이 농후했다.

'쯧!'

남세천은 속으로 혀를 차며 와락 인상을 구겼다. 그가 처한 상황은 일종의 기 싸움이었다. 지금 이곳에 모인 절강성의 무림 세력들과 처주무련 사이의 기 싸움. 어쨌든 필요한 일이었고 누구든 하게 될 일이었지만, 하필이면 자신이 그 일을 떠안게 된 것이었다.

배알이 뒤틀린 걸 참지 못하고 입으로 뱉어 버린 것이 화근이었다.

남세천은 저도 모르게 눈으로 방 안의 사람들을 쭉 쓸어보았다. 그러다 갑자기 머릿속으로 엉뚱한 생각이 스쳤다.

'설마 절강무련까지 갈 리가…….'

절강무림대회를 개최한 이유는 뻔했다. 처주무련처럼 절강무련을 결성하자는 제안을 할 터였다.

그런데 과연 절강무련이 결성될 수 있을까?

처주무련은 겨우 부 단위에 모인 방파들이 모인 것이지만, 절강성은 그 규모가 전혀 달랐다. 세력은 열네 곳이지만, 현 단위로 따지면 무려 스물한 개 현. 절강성 절반을 차지하는 수준이었다.

그중 몇 곳이나 절강무련 결성에 동조하겠는가. 만에 하나 모두 동조한다 해도 결국은 절강성 전체가 아닌 절반 수준. 그 정도로 절강무림 전체를 아우르는 것은 힘든 일이었다.

담씨세가가 처주무련을 세우면서 처주부 전체를 장악한 것은, 처주무련에 다른 세 개 방파가 속해 있었다는 것을 생각해도 아주 대단한 업적인 것은 분명했다. 그래도 규모의 차이를 생각하면 절강성 전체는 역시 무리라고 보는 쪽이 옳았다.

"쯧!"

하지만 남세천은 작게 혀를 차며 고개를 저었다. 그리고 담기령을 향해 불만스러운 목소리로 말했다.

"이왕 온 참이니 얼마나 허황된 말을 하려는지 한 번 들어나 보도록 하지."

순간, 모여 있던 이들의 날카로운 시선이 남세천의 온몸에 내리꽂혔다. 그리 쉽게 꼬리를 내릴 거였다면 애초에 기 싸움을 벌이지 말았어야 했다는 질책의 눈빛.

하지만 그 정도에 기가 죽을 남세천이 아니었다. 오히려 자신을 노려보는 이들에게 눈을 부라리며 험악하게 인상을 일그러트렸다.

그렇게 방 안의 분위기가 한층 더 살기등등하게 변할 즈음, 담기령이 입을 열었다.

"남 방주께서 남겠다고 하시는군요. 노파심에 미리 말씀

드리자면, 저희는 귀공들께 절대 강요를 할 생각이 없습니다. 그러니 이 자리가 마음에 들지 않는 분은 언제든 나가셔도 괜찮습니다. 하지만 일단 한 번 방을 나서면 두 번 다시 기회를 드리지 않을 것입니다."

물론 자리에서 일어서는 사람은 없었다. 처주무련에 반대했던 이들이 어떻게 멸망하고, 어떤 나락으로 떨어졌는지 훤히 알고 있으니 당연한 일이었다.

그렇게 모두의 주의를 집중시킨 후, 담기령은 바로 본론을 끄집어냈다.

"저희 처주무련이 이런 자리를 마련한 것은 한 가지 제안을 하기 위해서입니다."

"꿀꺽!"

곳곳에서 마른침 넘기는 소리가 새어 나왔다. 무슨 말이 나올지 다들 짐작을 하고 있는 탓이었다. 그리고 담기령의 입에서 모두가 예상하는 이야기가 나왔다.

"여러분께 절강무련의 결성을 제안합니다."

혹자는 숨을 죽이고, 또 누군가는 짧게 헛바람을 들이켰다.

절강성 무림 세력들의 통합.

이미 예상을 하고 있었음에도 직접 들으니 그 무게감이 어깨를 짓누르는 듯한 기분이었다.

방금 전 담기령과 잠깐 동안 살벌한 분위기를 만들었던 남세천이 가장 먼저 입을 열었다.

"그 이야기를 할 거라는 건 이미 다들 예상하던 바요. 내가 듣고 싶은 건, 과연 어떤 명분으로 그런 말을 하는가 하는 것이오. 방금 담 가주가 말한 절강무련은 절강성 전체를 아우르는 일이오. 그러니 그에 맞는 명분을 들려달라는 거지."

"그 역시 알고 계시지 않습니까?"

담기령의 반문에 남세천이 피식 웃음을 터트렸다. 이번에도 무슨 말이 나올지 짐작이 되는 탓이었다.

"결국 또 왜구의 근절이오?"

"그렇습니다. 그만한 명분은 없다고 생각합니다만?"

"그렇게 해서 담씨세가의 야심을 채워 보겠다는 게 진짜 목적이라는 것은 말할 필요도 없겠군?"

"뭐, 아니라고 부정하기는 힘들군요."

대답을 들은 남세천의 얼굴에 뜨악한 표정이 떠올랐다. 사실 이 정도로 간단하게 자신들의 야심을 드러내지는 않으리라 생각한 탓이었다.

하지만 이대로 물러날 수는 없는 법, 내친김이니 일단 말이라도 더 해 봐야겠다 싶어 입을 열었다.

"하! 처주무련 결성 때는 그래도 끝까지 그런 얘기를 안

했다고 하던데, 이제는 그것조차 숨기지 않는군. 처주무련의 힘이 그 정도로 대단해진 모양이오? 허허, 그래 가지고 절강무련이라는 걸 만들 수나 있겠소? 야망을 위해 우리를 이용하겠다고 공표했는데 말이오?"

"그건 귀공들의 결정에 달려 있지요."

"그럼 우리가 그대의 야망에 순순히 이용당해 줄 거라 생각하는 모양이구먼?"

"그 또한 아닙니다."

남세천이 답답하다는 얼굴로 버럭 소리를 내질렀다.

"그럼 우리가 당연히 따를 수밖에 없는 이유가 있다는 말이구먼! 어디 그 이유를 한 번 말해 보시오!"

앉아 있는 모든 이들의 얼굴에도 궁금증이 떠올랐다. 그들 역시 남세천의 생각과 다르지 않았다. 자신들을 이용해 힘을 불리겠다고 공공연하게 말을 해놓고, 자신들을 따르게 할 만큼의 이유가 뭐란 말인가.

그에 담기령이 자신의 왼쪽에 있는 이들을 가리키며 말했다.

"처주무련은 처음 련이 결성될 당시 뜻을 함께했던 방파들을 주령이라 칭합니다. 그리고 이분들이 바로 처주무련의 주령을 이끄는 분들이시지요."

차례대로 이석약, 석대운, 진충회가 어깨를 펴고 당당한 표정으로 서 있었다.

초대받은 이들의 시선이 그들 세 사람에게로 향했다가 다시 담기령에게로 돌아왔다.

"방금 남세천 방주님의 말씀대로 생각하면, 이분들은 저희 담씨세가의 야심에 이용당했다고 할 수 있습니다. 그런데 처주무련의 주령들은 어떤 손해를 보았습니까?"

아무도 대답을 하지 못했다. 손해는커녕 큰 이득을 보았다. 과거의 고만고만하던 작은 세력이 아닌, 이곳에 있는 그 어떤 방파도 함부로 할 수 없을 정도로 강한 방파로 성장한 것이다.

세 개 현을 자신들의 세력 안에 두고 있는 남세천의 화웅방조차도 저들을 만만히 볼 수 없을 정도였다. 처주무련에 속해 있기 때문이 아니라, 그들 하나하나의 힘이 그만큼 강해졌기 때문이다.

담기령이 자신을 쳐다보는 이들과 일일이 시선을 맞추었다. 그런 담기령의 얼굴에는 자신감이 가득했다. 이들 중 적어도 열 명 정도는 설득시킬 자신이 있었다.

처주무련 결성 때와는 상황이 전혀 달랐다. 처주무련이 강해진 것도 한몫을 하겠지만, 그 무엇보다 가장 강력한 근거는 옆에 있는 주령들이었다. 그들의 빠른 성장이 그 어떤 이야기보다 강한 설득력을 가지고 있기 때문이었다.

그중에서도 명도문은 처주무련과 담씨세가에 대한 신뢰의 상징이었다. 임사균으로 인해 내분을 겪고 문파가 와해될 지경에 이르렀음에도 처주무련은 그들을 보호하고 도움을 주었다.

이는 절강무련의 결성에 합류할 경우, 절강무련이라는 강력한 울타리가 자신들을 지켜 줄 거라는 기대를 만들어 주는 것이었다.

담기령이 다시 입을 열었다.

"저희는 귀공들에게 일방적인 요구를 하는 것이 아닙니다. 각자가 전체의 안위를 지키는 동시에 그 각자의 성장을 도모하고자 함입니다. 여러분들께서도 아시다시피, 처주무련은 그것을 몸소 입증해 보였습니다. 그리고 이제는 절강성 전체가 하나가 되어 함께 가자는 말씀을 드리는 것입니다."

바짝 구미가 당기는 제안이었다. 그리고 지금까지 보인 처주무련의 행보와 속해 있는 방파들의 성장을 보면 꽤 신뢰가 가는 이야기이기도 했다. 하지만 쉽사리 고개를 끄덕이는 이는 없었다.

절강무림은 왜구들의 시달림과 지리적인 문제로 인해 지금껏 단 한 번도 하나가 되어 본 적이 없었다. 아무리 처주무련이라는 성공적인 사례가 있다 해도 절강성은 그 규모가 너무 거대했다.

그때, 반백의 머리를 한 중늙은이가 조용히 자리에서 일어나며 말했다.

"내가 한 말씀 드려도 되겠소?"

"존함을 여쭈어도 되겠습니까?"

"엄주부 수련계의 장계 추대홍이오."

"아, 서신은 주고받았지만 이렇게 직접 대면하는 것은 처음이군요. 참석해 주셔서 감사합니다."

"별말씀을. 엄주무련이야말로 처주무련의 도움을 받았으니 오히려 우리가 감사할 일이오."

이번에는 다들 추대홍에게로 시선을 모았다. 방금 추대홍의 입에서 나온 엄주무련이라는 말 때문이었다.

절강성은 왜구들의 약탈을 기준으로 했을 때 크게 세 종류로 나눌 수 있었다.

첫 번째는 바다를 접하고 있는 해안 지역, 두 번째는 강을 통한 수로가 지나는 지역, 세 번째는 물길과는 관계가 없는 지역이었다.

이 중 첫 번째와 두 번째는 잦은 왜구들의 침탈을 당하는 지역이었다.

담씨세가가 있는 처주부가 그중 두 번째인 수로가 지나는 지역이었고, 엄주부 또한 거기에 속했다. 항주부를 지나는 전단강이 상류로 올라가면 신안강이라는 이름으로 불리는데, 이 신안강이 엄주부를 관통하는 물길이었다.

그리고 엄주부는 처주부와 또 하나의 공통점을 가지고 있었다. 바로 엄주무련이라는, 엄주부 무림 세력들이 하나로 힘을 모았다는 점이었다.

처주부에서 처주무련이 결성되면서 왜구들을 아주 효율적으로 막아 내는 것을 본 엄주부 무림 세력들이 엄주무련을 만든 것이었다. 그 과정에서 처주무련에 도움을 청했고, 처주무련은 그들에게 절왜관을 건설하고 왜구들을 막으면서 얻은 경험들을 가감 없이 전해 주었다.

그 후, 엄주부는 처주부처럼 왜구들을 막고 내부의 발전을 도모하고 있는 중이었다. 그러니 엄주무련이 처주무련에 호의적인 태도를 보이는 것은 당연한 일이었다.

하지만 한편으로는 절강무련 결성에 가장 크게 반대할 이들 또한 그들이었다. 엄주무련을 결성했고, 그 결과 상당한 효과를 보고 있는 상황이었다. 그런데 굳이 절강무련이라는 집단의 일부가 되는 것을 반길 이유가 없는 것이었다.

그 엄주무련의 결성을 주도하고 이끌어 온 이가 바로 수련계의 장계, 추대홍이었다.

이 자리에 참석한 이들 역시 그 사실에 대해 알고 있었다. 그러니 추대홍의 반응이 궁금해질 수밖에 없었다.

"말씀을 하시지요."

담기령의 말에 추대홍이 고개를 끄덕이며 말했다.

"담 련주께서 자신의 속내를 사실대로 말한 것은 꽤 의외였소. 그러니 나도 내 속내를 가감 없이 말해 보리다."

"경청하겠습니다."

"엄주부와 처주부는 강 때문에 왜구들에 맞서야 하고, 다 같이 피해를 본다는 점 등으로 인해 입장이 비슷하오. 하지만 다른 지역은 그렇지 않소이다."

모든 이들이 고개를 끄덕였다.

처주부나 엄주부처럼 속해 있는 모든 지역이 왜구의 위협을 받는 지역도 있었지만, 그렇지 않은 곳도 있는 탓이었다.

소흥부는 항주부와의 경계에 전단강이 흐르기 때문에, 전단강에 닿아 있지 않은 지역은 왜구의 피해를 받지 않았다. 그리고 태주부는 바다에 인접해 있는 지역만 왜구의 피해를 받을 뿐, 내륙 쪽은 왜구들이 조금도 위협이 되지 않았다.

더 나아가 절강성 내에서도 구주부와 금화부, 호주부는 왜구들과는 아무런 연이 없는 지역들이었다.

왜구의 피해를 받는 지역의 세력들은 절강무련의 결성으

로 인해 얻는 것이 있겠지만, 그렇지 않은 지역들은 오히려 괜한 일에 재원을 낭비하는 꼴이 될 수도 있는 것이다.

담기령 또한 고개를 끄덕이며 말했다.

"태주부의 현건방, 호단방, 육가장과 소흥부의 화웅방을 말씀하시는 거지요?"

그 말에 참석한 이들 중 남세천을 포함한 네 사람의 시선이 담기령에게 모였다. 방금 읊은 네 세력의 주인들이었다.

"그렇소이다. 굳이 할 필요가 없는 일에 그들이 힘을 보태려 하겠소?"

듣고 있는 이들의 얼굴에 애매한 표정이 떠올랐다. 절강무련 결성이 어렵다는 내용이기는 했지만, 그렇다고 절강무련 결성에 반대하는 듯한 느낌은 아닌 탓이었다.

"그들의 입장에서 보면 분명 괜한 일에 끼어드는 바람에 오히려 전력에 누수가 생기는 셈이지요."

당연한 이야기니 다들 고개를 주억거렸다. 그러는 동시에 얼굴에는 의문스러운 표정이 떠올랐다. 말은 그리하면서 얼굴에는 여전히 자신감이 가득한 탓이었다.

추대홍 역시 같은 의문을 품은 것인지 급히 물었다.

"하지만 그들의 도움이 없이는 일을 추진하기가 힘들지 않겠소?"

"저는 그들이 지금 절강무련에 들어오지 않을 거라는 말은 하지 않았습니다."

"그건 무슨 말이오?"

방금 언급된 네 사람의 얼굴에도 의아한 표정이 떠올랐다. 그들로서는 저렇게까지 말해 놓고 자신들이 도움을 줄 거라 확신하는 이유를 알 수가 없었다.

"그 네 방파는 갚을 빚이 있지 않습니까?"

이야기가 점점 알아들을 수 없는 방향으로 흘렀다. 가장 당혹스러운 사람은 남세천을 포함한 네 방파의 주인들이었다. 자신들이 언제 누구에게 무슨 빚을 졌다는 말인가.

하지만 누구도 섣불리 나서지는 않았다. 괜히 긁어 부스럼을 만들 필요는 없기 때문이었다.

"빚이라니?"

"화웅방이 지금과 같은 세력으로 성장할 수 있던 데는 장씨세가, 고씨세가, 비현방의 도움이 있지 않았습니까? 그들이 전단강을 거슬러 올라오는 왜구들을 막는 방패 역할을 해 준 덕분에 화웅방은 지금처럼 큰 방파가 될 수 있던 것입니다. 그게 빚이 아니면 뭐겠습니까?"

처음으로 방 안에 모인 이들의 표정이 엇갈렸다. 크게 동조하며 고개를 주억거리는 이들이 있는가 하면, 말도 안 된다는 듯 울컥한 표정으로 담기령을 쏘아보는 이들이 있었다.

그리고 사나운 얼굴을 한 이들 중 남세천이 버럭 소리를 내질렀다.

"헛소리 작작 하시오!"

"아닙니까?"

"당연하지. 그들이 본 방을 위해 왜구를 막아 준 것이 아닌데, 그게 왜 빚이라는 건가!"

"하지만 그 덕분에 지금의 화웅방이 있을 수 있는 것은 맞지 않습니까?"

"단지 그들은 강을 끼는 곳에 자리를 잡았고, 우리는 그렇지 않은 곳에 자리를 잡은 것뿐이오. 그런데 그게 빚이 된다는 게 말이나 된단 말이오!"

남세천의 말에 이번에는 장씨세가, 고씨세가, 비현방의 주인들이 울컥한 얼굴로 그를 노려보았다. 하지만 남세천은 세 사람의 시선에는 조금도 신경이 쓰이지 않는 듯, 담기령만을 노려볼 뿐이었다.

"하지만 화웅방은 그런 상황을 이용해 큰 폭리를 취하지 않았습니까?"

"폭리라니? 정당한 거래였을 뿐이다!"

남세천의 목소리가 한층 높아졌다. 동시에 방 안의 분위기가 싸늘하게 가라앉았다.

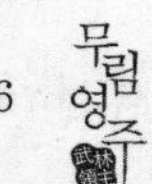

방금의 대화는 소흥부와 태주부에 자리한 세력들의 관계를 간단하면서도 명확하게 정리한 것이기 때문이다.

집단과 집단의 전투는 수많은 재화의 소모를 뜻한다. 화웅방을 제외한 소흥부의 세 개 세력은 항상 왜구들의 약탈에 시달려야 했고, 그런 탓에 늘 물자가 부족했다.

그중에서도 특히 왜구들의 노략질이 심해지는 가을이 오면 급격한 물자난에 허덕여야 했다. 그리고 바로 그 시기가 화웅방이 배를 불리는 시기였다.

세 방파가 왜구를 막아 준 덕분에 아무런 피해를 입지 않은 화웅방은 비축하고 있는 물자를 거의 두 배에 달하는 가격으로 팔았다. 그리고 왜구를 막아 낸 세 방파는 그 비싼 값을 치르고 물자를 살 수밖에 없는 상황이 되는 것이다.

다른 지역에서 사들이려 해도 그들 역시 왜구의 피해를 입었으니 물자가 달리는 상황이 똑같아 살 수가 없었다. 일이 벌어지기 전에 최대한 많은 물자를 보유하려고 하지만, 그것으로는 모두 충당이 되지 않았다.

거기에 더해서 왜구와 상관이 없는 지역의 물자들은 화웅방이 막대한 자금을 동원해 독점을 해 버렸다.

빤히 알고 있으면서도 끊임없이 착취당할 수밖에 없는 구조인 셈이었다.

그리고 이러한 상황은 태주부 역시 조금도 다르지 않은 상황이었다.

그러니 그동안 당해 왔던 방파들은 감정이 좋을 리가 없었다. 담기령이 들어오기 전, 방 안의 살벌한 분위기는 그러한 이유 때문이었다.

하지만 남세천은 당당했다.

"흥, 물건이 부족하면 값이 오르는 것은 당연한 일이 아닌가! 그리 따지면 세상 장사치들은 모두 인면수심인 게지!"

지금껏 당한 방파들에게는 기가 찬 이야기지만, 그들의 입장에서는 당연한 논리였다.

피를 토할 듯한 표정으로 자신의 정당함을 주장하는 남세천을 향해 담기령이 은근한 목소리로 물었다.

"그래서 제가 말한 빚을 갚을 생각은 없다는 말씀입니까? 아, 아니, 스스로 빚이 아니라 하셨으니 이렇게 물어야겠군요. 절강무련의 결성에 함께하지 않을 생각입니까?"

"그거야 당연히……."

한껏 고조된 탓에 뭐라 소리를 지르려던 남세천이 갑자기 말꼬리를 흐렸다.

'무슨 수작이지?'

괜히 뒤통수가 근질근질한 기분이 들었다. 자신이 생각

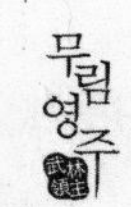

하지 못하는 무언가가 있는 듯한 느낌이었다.

절강무련을 결성하자 말해 놓고는 일련이 대화로 자신들과 다른 방파들의 감정을 터트렸다. 그런 후에 은근슬쩍 들어올 것인지 빠질 것인지를 묻는다. 한데 감정의 골이 깊어진 상황에서 손을 잡는다는 것은 절대 쉬운 일이 아니었다.

절강무련의 결성에 동조하라고 말을 하면서, 흐름은 빠지라는 듯 이야기를 하고 있는 것이다. 마치 자신들을 빼고 일을 진행하겠다는 듯한 느낌.

'그렇다면 애초에 우리를 부르지 않으면 되는 일……서, 설마 저 음흉한 놈이!'

갑자기 찬물을 끼얹은 듯한 기분에 남세천은 정신이 번쩍 들었다. 자신들을 이곳에 부른 이유는 다른 곳에 있던 것이다.

'이간질을!'

자신의 화웅방과 태주부의 현건방, 호단방, 육가장을 공공의 적으로 만들어 절강무련을 결성해야 한다는 분위기로 몰아가려는 것이다. 더불어 자신들을 적으로 만들면 내부의 결속력이 강해지는 것은 물론, 방금 전 폭리를 취한다는 논리를 이용해 나중에 자신들을 칠 명분까지 만들 수 있었다.

'흥, 네놈의 뜻대로 되지는 않을 것이다.'

당할 뻔하기는 했지만, 이제라도 눈치를 챘으니 되었다. 그리고 지금 당장 결정할 필요도 없었다. 일단은 일의 흐름을 보면 될 일이었다.

남세천은 다시 자리에 앉아 등받이에 몸을 기대며 팔짱을 낀 채 느긋하게 말했다.

"그건 일단 이야기를 더 들어 본 후에 결정하겠소."

"음, 뭐, 저희는 굳이 싫다는 분들을 억지로 끌어들일 생각은 없습니다. 이 자리에서 단 한 분이라도 함께할 마음을 먹는다면, 저희는 절강무련을 결성할 생각이니까요."

담기령의 말에 남세천이 혼잣말을 하듯, 그러나 모두에게 들으라는 듯 큰소리로 말했다.

"그런다고 뭐가 달라질까?"

"음, 한 가지 잊으신 게 있는 모양이군요?"

"잊다니?"

"삼 년 전, 의천단이 처주무련의 지원을 받아 해안의 왜구들을 함께 막았던 때를 말입니다."

"음?"

남세천이 잘 모르겠다는 듯 고개를 갸웃거렸다. 그러다 맞은편에 앉은 육가장 장주 육문광의 표정이 묘하게 변하는 것을 발견했다.

'이건 또 뭐지?'

당시 백무결의 의천단이 활약했던 곳은 태주부의 해안이었다. 그 태주부의 육가장주가 저런 표정을 짓는다는 것은, 당시 의천단의 움직임으로 인해 무언가 영향을 받았다는 뜻.

남세천은 머리를 쥐어짜며 당시의 상황을 유추해 보았다. 그리고 이내 그 답을 알 수가 있었다.

'그런 거였군.'

의천단이 태주부 해안 쪽에서 왜구를 막았다면 해안 쪽 세력들의 피해가 현저히 줄어들었을 것이고, 그로 인해 육가장이나 현건방, 호단방은 이전만큼 재미를 보지 못했을 게 분명했다. 담기령은 지금 그것을 상기시킨 것이었다.

"한 가지 약속을 드리지요. 일단 절강무련의 합류하는 방파에는 처주무련이 전력을 다해 도움을 줄 것입니다. 함께 왜구를 막는 것은 물론, 물자들 또한 무상은 아니지만 적정한 가격에 거래를 하도록 하지요."

잠시 정적이 흘렀다. 서로가 각각의 이유로 크게 마음이 흔들린 탓이었다. 지금껏 착취 아닌 착취를 당해 왔던 방파들은 방금의 이야기로 희망을 보았고, 제 배만 불려 왔던 방파들은 입지가 좁아진다는 사실에 마음이 조급해졌다. 그리고 엄주무련에 속해 있던 이들은 처주무련의 결정에 괜히 마음이 격해지는 느낌을 받았다.

콰앙!

순간, 요란한 소리가 방 안을 울렸다. 갑작스러운 소리에 모두들 흠칫 놀라며 눈길을 돌렸다.

"가, 감히!"

분을 참지 못하고 떨리는 목소리로 외치는 이는 육가장주 육문광이었다.

"감히 우리를 협박하겠다는 말인가!"

방금 담기령이 한 말은 단순히 입지가 좁아지는 것으로 끝나지 않았다. 지금껏 다른 방파의 어려운 상황을 이용해 배를 불려 왔던 그들이다. 그런데 담기령은 방금 그 손쉬운 돈벌이를 막아 버리겠다고 선언한 것이었다.

"협박이라니요?"

"그럼 방금 그 말이 협박이 아니고 무어란 말인가!"

"지금 저는 공생을 말하고 있습니다만?"

"하, 지나가던 개가 웃을 노릇이군!"

방금 전 담씨세가의 야심을 빤히 드러내 놓고 이제 와서 공생이라니, 어처구니가 없었다.

"공생이지요. 담씨세가는 원하는 것을 얻고, 다른 방파는 안전은 물론 발전을 꾀할 수 있는 일이 아닙니까?"

"그럼 우리는?"

육문광이 뱉은 말에 방 안에 있던 사람들 대부분의 얼굴에 짙은 노기가 떠올랐다. 지금껏 치졸한 방법으로 배를 불려 놓고 이제 와서 그 수를 못 쓰게 되었다고 따지다니. 이거야말로 적반하장이 아닌가.

하지만 담기령은 딱히 감정을 드러내지 않은 채 말을 이었다.

"방금 제 말을 못 들은 모양이군요."

"뭐?"

"공생이라 하지 않았습니까?"

"무엇이 공생이란 말인가!"

"지금껏 아주 손쉽게 취했던 부당한 이득만 내려놓으시면 다 함께 안온하게 지낼 수 있습니다."

"손해를 보게 생겼는데 무엇이 공생이란 말인가!"

얼굴이 시뻘겋게 달아오른 육문광이 숨이 막힐 정도로 목소리를 높였다.

지금껏 육가장이 가지고 있던 어마어마한 수입의 구조는 절대 마르지 않는 샘물과도 같았다. 그런데 담기령이라는 놈이 난데없이 나타나 그 샘을 메워 버리겠다고 하니, 그로서는 기가 찰 노릇인 것이다.

사실 육가장의 사치는 어마어마한 수준이었다. 언제든 재물이 차고 넘칠 정도로 쌓이니, 씀씀이가 헤퍼지는 것은 당연한 수순이었다. 그렇게 육문광을 비롯한 그의 혈족들은 긴 시간 사치스럽고 호화로운 생활에서 허우적거려 왔다. 그런데 담기령이 그걸 뺏어 가겠다고 하는 것이다.

그때, 또 다른 곳에서 비아냥거리는 목소리가 터져 나왔다.

"하, 알고 보니 그런 수작이었군!"

이미 여러 번 담기령과 말을 섞은 남세천이었다.

"그런 수작이라니요?"

담기령이 무슨 말인가 하는 표정으로 남세천을 보았다.

"알고 보니 어떻게든 우리를 절강무련에 끌어들이기 위해 말장난을 하는 거였어."

"무슨 말인지 모르겠군요."

"사실은 처음에는 어떻게든 우리를 절강무련에서 제외시키려는 속셈인 줄 알았다. 그런데도 우리를 이곳에 부른 이유는, 우리를 절강성의 공적으로 만들어 내부 결속을 다지고 명분을 만들기 위함인 줄 알았지."

"제가 그럴 이유가 없습니다만?"

담기령이 고개를 저었지만, 남세천은 들리지 않는다는 듯 자신의 말만을 이어 갔다.

"그런데 좀 더 생각해 보니 그게 아니야. 우리의 애를 태우듯 말장난을 하다가 교묘한 협박으로 절강무련에 합류하지 않으면 안 되겠다는 생각이 들도록 압박을 주려는 거였어. 생각해 보면 그렇지. 처주무련의 힘으로 그 넓은 지역의 왜구들을 어떻게 다 막을 것이며, 아무리 손해 없는 적정 가격의 거래라 해도 저 많은 방파들에 다 공급할 정도로 물량이 있을 리가 없거든."

"처주무련에 그 정도 저력이 없다고 생각하십니까?"

"하하, 이제는 허세까지 부리시나? 미안하지만 더 이상 그 장단에 놀아 주지 못하겠군!"

딱 잘라 말한 남세천이 처음으로 걸음을 옮겼다. 당연히 방문을 향한 발걸음. 그런 남세천을 향해 담기령이 말했다.

"아까 말씀드렸듯이 두 번의 기회는 없습니다."

등 뒤에서 들리는 이야기에 남세천은 뒤도 돌아보지 않은 채 말했다.

"하하, 그런 기회 백 번, 천 번을 준다 해도 내가 마다하도록 하지."

그리고 문 앞에 도착한 후 자리에 앉아 있는 장씨세가, 고씨세가, 비현방의 주인들을 향해 시선을 던지며 말했다.

"뭣들 하시오? 계속 여기에 남아 있을 생각이오?"

그 말에 세 사람이 흠칫 어깨를 떨었다. 그러다 이내 노기를 띠며 날카로운 시선으로 남세천을 노려보았다. 물론 남세천이 그들의 반응에 겁먹을 리는 없었다. 오히려 한층 낮은 목소리로 말을 꺼냈다.

"허허, 정말 처주무련에 그런 힘이 있으리라 생각하는 모양이오? 뭐, 마음대로들 하시오. 결정은 스스로가 하는 것이고, 그 책임 또한 스스로 지는 것이니까."

말속에 숨은 뜻이야 빤했다. 절강무련에 동조한다면 물건 값을 올리겠다는 의미. 말 그대로 비열하기 짝이 없는 짓이었지만, 문제는 그것이 효과가 있다는 것이었다.

고민하는 표정을 짓던 비현방주 권인설이 저도 모르게 움찔 떨며 몸을 일으키려 했다. 하지만 그 순간, 바로 옆에 앉아 있던 장씨세가 가주 장지황이 급히 그의 어깨를 잡았다.

"언제까지 저자에게 당할 생각이오?"

"하, 하지만……."

권인설이 눈꼬리를 파르르 떨며 짙은 갈등이 어린 얼굴로 담기령과 남세천을 번갈아 보았다. 오랜 세월 당하고 살아오면서 절로 만들어진 남세천에 대한 두려움은 지독할 정도로 깊었던 것이다. 물론 거기에는 권인설의 심약한 성격 또한 한몫을 하고 있었다.

장지황이 굳은 표정으로 권인설의 어깨를 내리누르며 말했다.

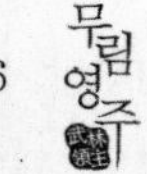

"나도 더 이상 권하지는 않겠소. 하지만 여기서 잘못된 선택을 한다면, 우리는 대대로 저 더러운 놈에게 당하고 살아야 한다는 것을 생각하시오."

고민하던 권인설이 힘겨운 표정으로 장지황에게 귓속말을 했다.

"처주무련이 정말 그런 힘이 있으리라 생각하십니까? 게다가 처주무련이라고 저 남세천과 다르리라는 보장 또한 없지 않습니까?"

"그 말도 틀리지는 않소. 하지만 일단 시작을 하는 게 중요하오. 계속 끌려 다닌다면 절대 이러한 관계는 깨지지 않는단 말이오. 물론 이 일이 늑대를 피하려다 호랑이 굴로 들어가는 격이 될 수도 있지만, 피할 마음을 먹지 않으면 늑대조차 피할 수 없다는 걸 생각해야 한단 말이오."

장지황의 말에 한참을 고민하던 권인설이 결국 몸에 힘을 빼며 의자에 주저앉았다. 그리고 신음과 함께 고개를 끄덕였다.

동시에 문 쪽에 서 있던 남세천이 웃음을 터트렸다.

"크하하! 어쩔 수 없는 자들이로군. 어쩔 수 없지. 선택은 각자의 몫이니 말이야."

말이 끝나자마자 문이 열리고 남세천이 성큼성큼 방을 나섰다. 뒤이어 육가장의 육문광과 현건방의 석명후가 몸을 일으켰다. 하지만 그들과 같은 입장의 또 한 사람, 호단방의 양방청은 아무런 움직임도 보이지 않았다.

의외의 상황에 육문광이 멈칫하며 물었다.

"양 방주는 여기 남을 생각이오?"

그 말에 양방청이 주저 없이 고개를 끄덕였다.

"이쪽도 나름 흥미가 있을 것 같아서 말입니다."

"그럼 우리와는 다른 행보를 택하신 거군요."

"문제가 될 건 없지 않습니까?"

"하긴 우리 사이에 뭐 서로를 걱정할 일은 없지요."

그들은 같은 입장이기는 해도 서로 같은 이득을 나누고 있으니 경쟁자이기도 했다. 육문광의 입장에서는 경쟁자가 한 명 사라진다면 그것도 나쁠 것이 없다.

"그럼 우리도 이만 나가도록 하지. 다른 분들은 뭐 알아서들 선택하시오."

그렇게 다시 두 사람이 방을 나섰다. 처주무련 사람들을 제외하고 초대를 받아 이곳에 온 사람은 이제 열한 명. 담기령이 그들을 쭉 훑어본 후, 추대홍을 향해 물었다.

"엄주무련의 생각은 어떻습니까?"

"출발하기 전에 미리 상의를 해 두었소. 그리고 우리는 절강무림 전체가 하나가 되어야 한다는 방향으로 뜻을 모았소이다. 그러니 남겠소."

"감사합니다."

"그런데 한 가지 궁금한 게 있소이다."

"말씀하십시오."

"해안이야 결국 물량을 투입해야겠지만, 전당강은 하구에 또 하나의 절왜관을 세우는 게 좋지 않소?"

"그렇지요."

"하지만 전당강 하류는, 남쪽 강가는 소흥부지만 북쪽 강가는 항주부에 속해 있소. 그런데 여기에는 항주부…… 그러니까 구씨세가 사람은 보이지 않는단 말이오."

역시나 비슷한 경험이 있다 보니 가장 현실적인 문제를 끄집어냈다.

담기령이 피식 웃으며 대답했다.

"구씨세가에서는 전당강 하류에 절왜관을 건설하는 일에 적극적으로 도움을 주겠다고 이미 답을 보내왔습니다."

순간, 곳곳에서 안도의 한숨이 새어 나왔다.

절강무림에서 구씨세가를 모르는 이들은 없었다. 가주의 딸은 오왕부의 세자빈이고, 가주의 아들은 현재 오왕부의 의위정 자리에 앉아 있었다. 항주부를 지배하는 무림 세력인 동시에 왕부의 사돈 집안인 곳이 구씨세가였다.

그런 구씨세가가 도움을 준다는 것은 천군만마를 얻은 것이나 마찬가지였다. 마음이 든든해지는 것은 당연한 일이었다.

'운이 좋았다고 해야 하나?'

안도의 한숨을 내쉬는 사람들을 보며 담기령이 속으로 미소를 머금었다.

담기령의 목표는 담씨세가가 절강무림을 대표할 정도로 이름을 날리는 것이었다. 그런데 거기에 걸림돌이 되는 세력이 다름 아닌 구씨세가였다.

구씨세가가 무림에 크게 이름을 떨치지는 못했지만, 항주부 전체를 아우르는 큰 세력이었다. 그리고 절강성 내에서 가장 힘 있는 가문이기도 했다.

만약 담씨세가가 점점 힘을 키워 나갔다면 가장 격렬하게 충돌했을 세력이 바로 구씨세가인 것이다. 그런데 거기에 한 가지 변수가 있었다. 바로 구씨세가가 오왕부의 사돈 집안이 된 점이었다. 게다가 구씨세가의 소가주가 오왕부의 의위정 자리를 꿰차기까지 했다. 더 이상 무림 세력이 아닌 왕부의 세력으로 자리 잡게 된 것이었다.

이러한 사실은 구씨세가가 더 이상 무림 세력들과 충돌할 수 없는 일종의 제약으로 작용했다. 구씨세가가 다른 무림 세력과 다툼을 벌이게 되면 오왕부가 무림 세력에 힘을 뻗는다는 인식을 주기 때문이었다.

거기에 더해 처주무련은 오왕부와 긴밀한 관계를 맺은

덕분에 적극적인 협조를 이끌어 낼 수도 있었다. 이번 절강무련 결성과 전단강 하구의 절왜관 설치에 도움을 받게 된 것 역시 그러한 맥락이었다.

담기령의 입장에서 보면, 최대의 적이 될 뻔한 세력이 알아서 사라져 준 것이나 다름없었다. 거기에 덤으로 적극적인 도움까지 받을 수 있게 되었으니 일거양득인 셈이다.

'후우, 잘 선택한 것 같군.'

앞서 방을 나선 이들과 다른 선택을 한 양방청은 저도 모르게 가슴을 쓸어내렸다. 왠지 모를 불길함에 남는 것을 선택했는데, 역시나 그 느낌을 믿은 것은 잘한 선택이었던 것 같았다.

"자, 그럼 좀 더 논의를 하도록 하지요."

담기령이 편안한 표정으로 입을 열었고, 자리에 앉아 있는 이들 역시 한층 밝은 얼굴로 고개를 끄덕였다.

2장

서하단(曙霞團)

조용했다.

곽사성은 지금까지 단 한 번도 겪어 본 적 없는 적막을 경험하고 있었다.

아무런 소리도 들리지 않았다.

두 개나 달려 있는 귀가 별다른 소용도 없는 듯 그 어떤 소리도 들어오지 않았다.

'타아앗!'

한껏 입을 벌려 기합을 내질렀다. 하지만 그조차도 귀로는 들을 수가 없었다. 방금 전까지 멀쩡하던 두 귀가 갑자기 멀어 버리기라도 했단 말인가.

그러다 문득 괴이한 생각이 머릿속을 스쳤다.

'눈이라도 멀쩡하니 다행이라고 해야 되나?'

저도 모르게 피식 웃기까지 했다. 하지만 농담 같지 않은 농담의 절반은 진심이었다. 당연했다. 지금 서 있는 이곳에서 눈조차 보이지 않는다면 벌써 절명했을 게 분명했다.

시야에 들어오는 것은 단 세 가지밖에 없었다. 쉴 새 없이 솟구치고 퍼져 나가는 붉은 선혈, 악귀처럼 무시무시한 표정의 얼굴들, 그리고 햇빛을 받아 눈이 시리도록 번뜩이는 날붙이들.

그 세 가지가 한데 어우러져 자아내는 한 편의 지옥도.

"후우, 훅!"

가쁜 숨을 애써 다독였다. 정말 귀가 멀어 버린 것인지 거칠게 뱉는 숨소리도 여전히 들리지 않았다.

기묘한 감각. 실제 현실과 반걸음 정도 엇나가 있는 듯한, 반쯤 잠들어 있는 것 같기도 하고 꿈속을 헤매는 것 같기도 한 괴리감으로 가슴이 답답해지는 느낌이었다.

푸우욱!

하지만 내뻗은 장검이 사람의 육신을 꿰뚫는 감각은 너무나 선명했다. 그로 인해 마주 보고 있는 낯선 사내의 표정이 일그러지는 모양이 생생했다. 찔러 넣은 장검을 갈무리하는 순간, 솟구치며 덮쳐드는 선혈은 뜨거울 정도였다.

갑자기 눈이 시리도록 새하얀 빛이 시야에 한 가득 들어찼다. 문제의 괴리감과 눈을 시리게 만드는 빛이 곽사성의 정신을 몽롱하게 만들었다.

그것이 급격한 나태를 불러왔다.

한편으로 머릿속 한 켠을 강하게 두드리는 것은 피해야 한다는 생각. 하지만 갑작스레 찾아온 나태함 탓에 모든 것이 귀찮았다.

그 두 개의 마음이 엉킨 탓에 결국 곽사성은 반쯤 몸을 비틀었다.

시린 빛이 몸을 훑고 지나가는가 싶더니, 이내 왼쪽 팔뚝이 축축하게 젖어들었다.

'피?'

그렇게 느꼈지만 아프지가 않았다. 그저 한층 더 진한 나태가 엄습해 올 뿐.

그때였다. 갑자기 시야로 끼어든 시커먼 그림자가 두 눈을 가득 채우던 빛을 앗아 갔다.

짜아악!

고개가 홱 돌아갈 정도로 머리를 뒤흔드는 강렬한 충격.

"크아아악!"

동시에 어마어마한 소음이, 함성과 비명이 귓바퀴를 훑으며 머릿속을 어지럽게 만들었다. 그리고 곽사성은 마침

내 현실로 돌아왔다.

"끄으윽!"

현실로 돌아오자마자 찾아온 것은 격렬한 통증. 입에서 절로 신음이 새어 나왔다. 황급히 시선을 내려다보니, 왼쪽 팔뚝에 가로로 쩍 벌어진 상처가 보였다. 그리고 벌어진 상처에서 꾸역꾸역 솟구치는 붉은 선혈.

갑자기 욕지기가 치밀었다.

"우웨엑!"

속에 든 것을 한바탕 게워 내는 순간, 귓전에서 천둥 같은 호통이 울려 퍼졌다.

"정신 차려! 찰나의 순간에 목이 날아간다!"

방금 전 시야로 끼어들었던 시커먼 그림자의 호통에 아직 완전히 돌아오지 않은 정신이 번뜩 깨어났다.

곽사성이 눈을 들어 그림자의 주인을 보았다. 한껏 목소리를 쥐어짜며 큰소리로 외쳤다.

"예, 단주님!"

무림맹 예하의 유일한 독립 집단인 서하단의 단주. 수많은 젊은 무인들의 선망과 존경을 한 몸에 받고 있으며, 겨우 스물다섯의 나이에 대협이라 불리는 입지전적 인물. 바로 서하대협 백무결이었다.

"후우!"

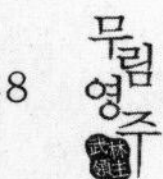

깊이 호흡을 골랐다. 방금 전, 어찌나 세게 맞았는지 아직도 뺨이 얼얼했다. 입안이 찢어졌는지, 비릿한 맛이 입안을 맴돌았다.

이제 더 이상의 실수는 없다. 백무결 대협이 구해 준 목숨을 다른 곳에서 잃는 것도 안 되었다.

"하앗!"

곽사성은 온몸으로 기합을 내지르며 다시 자신의 첫 번째 전투에 뛰어들었다.

"쓸 만하군."

몸을 날리는 곽사성의 뒷모습을 보며 백무결은 혼잣말을 중얼거렸다. 겨우 열흘 전에 서하단에 들어온 애송이였다. 하지만 정기 가득한 두 눈과 강한 의협심 때문에 꽤 마음에 들던 녀석이었다.

하지만 경험이 없는 것은 어쩔 수 없었는지 첫 전투에서 긴장감과 두려움으로 얼어 있었다. 갑자기 생각이 나서 위치를 확인하지 않았다면, 지금쯤 시체가 되어 싸늘하게 식어 가고 있었으리라.

'이러고 있을 때가 아니지.'

어쨌든 지금은 싸우는 중이었다. 자신도 괜히 넋 놓고 있을 때가 아니었다.

"물러서지 마라! 산채까지 얼마 남지 않았다!"

백무결은 함께 움직이는 서하단 단원들을 독려하며 자신도 골짜기 안쪽을 향해 몸을 날렸다.

지금 서하단이 싸우고 상대는 하남성 남양부에 자리한 독산(獨山)의 산적들이었다.

고만고만한 산적 패거리가 아니었다. 아직 확인은 하지 못했지만, 수집한 정보에 따르면 채주의 무공이 최소한 절정 수준이었다. 그리고 부채주는 물론, 말단 산적들까지 죄다 무공을 익히고 있었다. 즉, 단순한 산적이 아니라 제대로 된 무인 집단이었다.

이상한 점은 또 있었다.

보통 산적들은 두 부류로 나뉜다.

무공이 높고 나름 이름을 알린 흑도의 고수들이 자기 이름을 내세워 인근의 표국들을 상대하는 이들이 첫 번째였다. 이들은 직접 칼질을 하기보다는 길을 막고 협상을 통해 적당한 돈을 받고 길을 비켜 주는 방식을 쓴다. 물론 아무나 할 수 있는 일은 아니었다. 표국들이 함부로 대할 수 없을 정도로 이름이 있어야 하고, 인맥도 필요했다.

두 번째는 터전을 잃고 나도는 화전민들이 산적이 된 경우였다. 대부분 무공이 낮고 오합지졸들의 모임이라 무림 세력은 건드리지 못하는 이들이었다. 산을 넘는 행인들을 습격한다 해도 사람을 해치기보다는 재물을 뺏는 선에서

끝이 났다.

하지만 지금 이곳 독산 산채의 산적들은 그중 어디에도 속하지 않았다. 협상이니 뭐니 하는 과정은 모두 무시한 채 무조건 사람들을 죽이고 재물을 털었다. 게다가 산채의 주인이 누구인지도 알려지지 않았다.

백무결은 원래 하남성 남쪽 지역에 출몰한다는 수적들을 치기 위해 등주로 가는 길이었다. 하지만 듣지 않았으면 모르되, 이미 들은 이상 그냥 지나칠 수 없어 독산 산채를 먼저 정리하기로 한 것이었다.

백무결의 손짓을 따라 그의 애병, 서하검이 시린 궤적을 그렸다.

"끄악!"

거침없이 긋는 궤적의 끝에는 어김없이 단말마의 비명과 선혈이 솟구쳤다.

열 걸음을 오르는 동안 열다섯이 넘는 산적들을 베어 넘겼다. 하지만 그런 무위를 확인했음에도 백무결을 향해 달려드는 산적들의 눈에는 일말의 망설임도 두려움도 보이지 않았다.

'이상한데?'

달려드는 세 명의 산적을 베어 넘기며 백무결은 고개를 갸웃거렸다. 머릿속 한 켠을 장악하고 있는 위화감. 처음 전투를 시작할 때부터 느끼던 그 위화감이 점점 강해지고 있었다.

가장 밑바닥의 졸개들까지도 일단은 무공을 익히고 있다는 것부터가 여타 산적들과는 다른 점이었다. 거기에 더해 아무리 봐도 지금 서하단은 절대적인 우세를 점하고 있었다. 그런데도 자신들을 맞이하는 산적들의 움직임에는 주저함이 보이지 않았다. 일반적인 산적 패거리라면 결코 있을 수 없는 일이었다.

게다가 희한한 것은 아까부터 위화감과 함께 그의 신경을 자극하는 익숙함이었다. 마치 언젠가 한 번 겪어 본 적 있는 것 같은 느낌.

백무결은 머릿속으로는 위화감의 정체를 알아내기 위해 끊임없이 생각을 하면서도, 끊임없이 손발을 놀려 적들을 베어 넘기며 골짜기 안으로 들어갔다.

그리고 마침내 골짜기의 좁은 틈을 지나 그 안에 자리한 분지에 발을 들인 순간, 백무결과 서하단을 맞이한 것은 두꺼운 통나무를 엮어 만든 높은 목책과 그 위에서 이쪽을 내려다보는 망루에 선 거구의 사내였다.

"웬 놈들이 우리에게 시비를 거는 것이냐!"

골짜기 전체에 메아리치는 우렁찬 목소리.

"큭!"

그 소리에 서하단 단원들 중 비교적 무공이 달리는 이들이 갑자기 귀를 틀어막았다. 단순히 소리를 지른 것이 아니라, 막대한 공력을 담아 외친 일종의 사자후. 실질적인 위해를 가하지는 못해도 심리적인 두려움을 안겨 주기에는 충분했다.

물론 가만히 보고 있을 백무결이 아니었다.

"서하단!"

한껏 공력을 실어 터트린 짧은 외침. 하지만 방금 전 망루 위의 거구보다 훨씬 더 거센 메아리가 골짜기 안 분지를 휘몰아쳤다.

다른 설명은 필요치 않았다. 서하단이라는 이름만으로도 충분히 자신들에 대해 알릴 수 있는 것이다. 보통의 산적들이라면 듣는 순간 반사적으로 움츠러들 이름. 하지만 독산 산채의 산적들은 여타 다른 산적들과 달랐다.

"서하단? 뭐하는 놈들인지는 모르겠지만, 오늘 내 수하들을 죽인 값을 치르게 해 주마!"

그 반응에 백무결이 또 한 번 고개를 갸웃거렸다. 의천단에서 서하단으로 이름을 바꾼 지가 벌써 삼 년이었다. 그 동안 서하단은 중원 각지를 돌아다니며 협의를 행해 왔다. 그로 인해 어지간하면 서하단의 이름을 모르는 이들은 없었다.

우리를 모를 리가 없다는 식의 자만심이 아니었다. 충분히 자신들을 알릴 만한 활동을 해 왔고, 이름을 퍼트리기 위해 애를 써 왔기 때문이다.

물론 이름을 알리기 위해 노력한 것은 쓸데없이 이름값을 얻겠다고 한 일이 아니었다. 흑도의 무리라면 일단 자신들의 이름만 들어도 위축되도록 만들어야 한다는 하세견의 의견을 타당하다 판단했기 때문이다.

그런데 버젓이 산적질을 하면서 자신들을 모른다고 하니 묘한 기분이 들 수밖에.

하지만 상관없었다. 저들은 산적질을 하며 민가에 수없이 많은 피해를 입힌 자들이었다. 자신들을 알든 모르든 죗값을 치러야 할 자들이었다.

백무결은 잠깐 동안 머릿속에 떠오른 생각들을 깨끗하게 지웠다. 반드시 처리해야 될 자들을 처리하면 그뿐이었다.

"죽여!"

그때, 망루 위 거구의 외침이 터졌다. 동시에 목책 너머로 무수히 많은 그림자들이 솟아올랐다.

목책 위를 확인하던 백무결의 눈에 당혹감이 스쳤다. 갑자기 모습을 드러낸 자들의 손에 들린 것은 노(弩), 즉 쇠뇌였다.

"피해!"

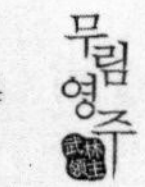

쉬쉬쉿!

백무결의 외침이 신호라도 된 듯 급작스러운 소음이 터져 나왔다. 날카로운 바람 소리와 함께 사선으로 내리꽂히는 화살들.

푹, 푸푹!

"끅!"

"아악!"

둔탁한 소음이 터지는가 싶더니, 곳곳에서 신음이 터져 나왔다.

"흐아아앗!"

백무결이 비명 같은 고함을 터트리며 허공을 향해 몸을 띄워 올렸다.

탁, 타타탁!

오른손의 서하검은 물론, 왼손과 발까지 정신없이 휘두르며 날아드는 화살들을 쳐 냈다. 하지만 혼자서는 역부족이었다.

"뒤로 물러나시오!"

갑작스러운 상황에 몸이 얼어 있던 서하단원들 중, 무공이 높은 이들이 급히 앞으로 나서며 화살들을 막아 냈다. 그사이, 몸이 멀쩡한 이들이 화살에 당한 이들을 황급히 뒤로 물렸다.

'젠장!'

서하단원들의 무공은 각양각색이었다. 무공의 수준으로 사람을 들인 것이 아니기 때문이었다. 아무리 무공이 약하다 해도 서하단과 같은 뜻을 품은 이들이라면 가리지 않고 받아들였다. 그것이 방금 전의 피해를 부른 것이었다.

방금 화살에 당한 이들은 모두 서하단에서도 무공이 약한 축에 속하는 이들이었다. 일반적인 활이 아닌, 쇠뇌가 튀어나올 거라고는 조금도 생각지 못한 탓이었다.

부상자들을 대피시키고 화살을 막던 이들도 뒤로 물러나 몸을 숨기자 쏟아져 내리던 화살 비가 멎었다. 하지만 다시 몸을 드러내면 가차 없이 화살들이 쏟아질 게 분명했다.

백무결이 고개를 내밀어 목책 위를 살폈다.

'쇠뇌까지…….'

쇠뇌라는 물건은 일반적인 산적들이 가질 수 있는 물건이 아니었다. 하지만 그보다 더 궁금한 것은 따로 있었다.

'도대체 어느 정도 규모인 거지?'

쇠뇌는 정확도와 관통력이 훌륭하기는 하지만 연사할 수 있는 물건이 아니었다. 활로 여섯 대의 화살을 쏘는 동안 쇠뇌는 한 대를 쏘는 정도였다.

그런데 방금 전 목책 위에서는 쉴 새 없이 화살이 쏟아졌다. 이는 쇠뇌를 쏜 자들의 뒤에 따로 장전해 주는 이들

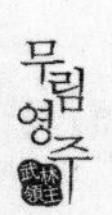

이 있다는 뜻이었다. 그들이 일반 병사가 아닌 무공을 익힌 무인이라 가정하더라도 쇠뇌 하나마다 그 뒤에는 각각 세 명씩은 더 있다는 말이었다. 좀 더 생각해 보면 보유하고 있는 쇠뇌 역시 그 정도 수량이 된다는 뜻이었다.

목책 위에서 쇠뇌를 쏜 놈들의 수가 대략 쉰 명. 그들 뒤에 세 명씩 더 있다고 생각하면 쇠뇌를 쏘는 데 최소한 이백 명은 있다는 뜻이었다. 사람이 이백 명이면 쇠뇌 역시 이백 장(張) 정도가 있다고 봐야 했다.

게다가 쇠뇌를 쏘는 자들만 있지 않고 직접 싸우는 이들은 따로 있을 게 분명했다. 방금 골짜기를 통과하면서 도륙한 산적들의 수까지 생각하면 어마어마한 규모였다.

'어디서 저런 놈들이 튀어나온 거지?'

거기까지 생각하던 백무결이 얼른 고개를 내저었다. 지금은 딴생각을 할 때가 아니었다.

"육대는 부상자들을 뒤로 물리고 치료를 하시오."

백무결의 말에 몸을 숨기고 있던 이들 중 백여 명이 조심스러우면서도 빠른 몸놀림으로 부상자들을 수습했다.

그때, 하세견이 백무결 곁으로 다가서며 외쳤다.

"육대를 제외한 각 조의 조장들은 이쪽으로 모이시오!"

삼 년 사이 서하단의 규모는 육백 명으로 불어 있었다. 하세견은 그들을 열 명씩 묶어 하나의 '조'를 짜고, 다시 열 개의 조를 묶어 하나의 '대'를 꾸려 서하단을 조직했다.

하세견의 말에 육대를 제외한 나머지 쉰 명의 무인이 백무결의 주변으로 모였다.

"좋은 방법이 있나?"

백무결이 모여드는 조장들 쪽으로 시선을 던지며 하세견에게 물었다.

"일단 저 목책 위의 쇠뇌만 어떻게 하면 될 일이지 않은가."

삼 년 사이 단주와 부단주로서 서하단을 이끌어 온 두 사람은 어느새 둘도 없는 친우가 되어 있었다.

"그건 그렇지만……."

백무결이 난감한 표정으로 입술을 짓씹었다.

저 쇠뇌들을 처리하려면 목책을 무너트리거나 타고 올라가 일일이 처치하는 수밖에 없었다.

자신의 무공이라면 목책을 뚫고 들어가는 정도는 충분히 가능했다. 하지만 목책에 구멍을 뚫어야 하는 것이 아니라 완전히 무너트려야 한다는 것이 문제였다.

삼 년 전, 보길사에서 담기령과 만나 깨달음을 얻어 초절의 경지에 오른 백무결이었다. 그리고 삼 년 동안 무수히 많은 전장을 거치며 그의 무공은 서서히 경지가 깊어져 이제는 초절을 넘어 절대의 경지에 반쯤 접어든 상태였다.

하지만 저 목책을 단번에 무너트리는 것은 절대 경지의

무인이 온다 해도 불가능한 일이었다.

여러 번 두드려 무너트리는 것이 가능하기는 하지만, 그 사이에 머리 위에서 정수리로 쏟아져 내릴 화살들을 어찌 할 방법이 없었다.

아무리 무공의 경지가 높다 해도 피육(皮肉)으로 이루어진 인간의 몸뚱이가 쇠뇌로 쏜 화살을 막아 낼 방법은 없었다. 그런 이유로 벽호공으로 목책을 타고 올라가는 것 역시 불가능했다. 올라가는 도중에 사방에서 쏘아진 화살에 고슴도치가 될 것이 분명했기에.

"단순히 뚫고 들어가는 문제가 아니지 않은가. 뭐, 좋은 방법이라도 있나?"

"가능하면 단순하고 안전한 방법이면 좋겠지만……."

"말끝을 흐리는 걸 보니 어쨌든 방법이 있기는 한 모양이구먼."

"있지. 단, 자네가 위험을 감수해야 한다는 게 문제지."

"말하게."

백무결이 흔쾌히 고개를 끄덕였다. 하세견 역시 백무결이 저리 반응할 것을 알고 꺼낸 말이었다.

"먼저 들어가게."

"음, 저 안으로?"

"자네가 목책에 구멍을 내고 안으로 들어가면 노수들의

시선이 안으로 들어간 자네한테 쏠릴 걸세. 어차피 목책을 세우는 법이야 거의 비슷하지. 목책을 성벽처럼 세우지는 않았을 것이고, 목책 뒤로 따로 기둥과 사다리를 올리고 상단에 발판을 길게 받쳐 놓았을 거야. 저 노수들은 그 발판 위에 서 있는 것일 테고."

"나는 그 기둥을 부수라는 말이군. 기둥이 무너지면 쇠뇌를 쏘는 것이 힘들 테고, 그사이에 조장들이 한꺼번에 달려가서 목책을 무너트리겠다?"

하세견이 고개를 끄덕이며 설명을 덧붙였다.

"조장들이 달려가 목책을 무너트리고 나머지 단원들이 한 번에 산채 안으로 들어가면 될 듯하네. 그런데 문제는 안에 있는 놈들의 규모를 알 수 없다는 걸세. 자네 혼자 들어갔다가 자칫하면 낭패를 볼 수도 있단 말이야."

하세견의 말에 백무결이 잠시 고민한 후 물었다.

"아까 망루 위에 있던 그놈이 우두머리겠지?"

"아마 그렇지 않겠나?"

"놈의 무공이 어느 정도 수준일 것 같은가?"

"글쎄? 자네와 비슷한 정도가 아닐까 싶네만?"

대답을 들은 백무결이 천천히 고개를 끄덕였다. 그 역시 하세견과 같은 생각이었다.

"쇠뇌를 쏘는 놈들이 쉰 명. 그 뒤에 장전하는 놈들이

세 놈씩 더 있다고 치면 대략 이백일세. 그렇다면 목책 위가 아닌 아래에 최소한 그 정도는 더 있다고 봐야겠지?"

"헉!"

"사백……."

백무결의 예상에 주변에 모여 있던 조장들이 기겁한 목소리로 외쳤다. 이 골짜기로 들어오는 사이에 베어 넘긴 적들만 해도 거의 이백 명이었다. 그런데 안에 대략 사백 명 정도가 더 있을 수 있다니. 절대 일반적인 산적 패거리의 수준이 아닌 것이다.

"그것도 어디까지나 최소한 그 정도인 거고, 어쩌면 더 많을 수도 있지. 일단 기둥을 흔들기도 했고 나 혼자 놈들 사이로 뛰어들면 쇠뇌를 쏠 수도 없을 테니, 그건 걱정하지 않아도 되겠군. 그리고 나 혼자 뛰어든 상황이면 내 한 몸 지키는 정도는 가능할 거야. 그래도 놈들의 수를 생각하면…… 일각, 일각 안에 목책을 무너트려야 하네."

백무결의 말에 모여 있던 조장들이 긴장한 얼굴로 마른 침을 삼켰다. 아무리 그래도 일각 안에 저 목책을 무너트리는 것이 가능할 것 같지가 않았다.

잠시 침묵이 흐른 후, 조장 중 한 명이 조심스레 말했다.

"차라리 저희가 단주님과 함께 목책 안으로 들어가는 것이 낫지 않겠습니까?"

하지만 백무결은 고개를 저었다.

"우리 중에서 저 목책에 사람이 드나들 수 있을 정도의 구멍을 단번에 뚫을 수 있는 사람은 많아 봐야 다섯이야. 쉰 명이 일곱 개 구멍으로 한꺼번에 몰리면 어찌 되겠나?"

처음 한두 명은 몰라도 뒤에서 기다리는 사람은 결국 쇠뇌에 당할 것이 분명했다.

"단주님이 먼저 들어가 기둥을 무너트리면 쇠뇌에 당할 위험은 없지 않습니까?"

"어차피 마찬가지야. 내가 놈들을 모두 한꺼번에 상대할 수 있는 게 아닌 이상, 놈들은 뚫어 놓은 구멍으로 들어오는 자네들을 기다리고 있다가 치지 않겠나?"

"아!"

"그러니 혼자 가겠네. 준비하게."

망루 위, 거구의 사내. 독산 산채의 채주 황사록은 날카로운 눈으로 목책 너머의 골짜기 입구를 노려보았다.

쇠뇌에 놀라 급히 퇴진하기는 했지만, 그렇다고 포기하지는 않은 듯 몸을 숨긴 채 이쪽을 노려보는 모습이 똑똑히 보였다.

"서공도."

황사록의 부름에 뒤쪽에 공손한 자세로 서 있던 왜소한 몸집의 사내가 대답했다.

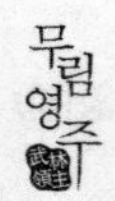

"예, 채주님."

"서하단이 뭐하는 놈들이더냐?"

"전대에 무림에서 이름을 알린 서하검휘 백운서의 제자인 백무결을 중심으로 모인 젊은 무인들의 집단입니다."

"집단?"

황사록이 고개를 갸웃거렸다. 표현이 애매한 탓이다. 무림에는 수많은 종류의 집단이 있었다. 문파에서 시작해 방파, 회나 계, 세가 등 많은 종류가 있는데, 굳이 '집단' 이라는 명확하지 않은 설명이 이상했던 것이다.

그런 황사록의 의아함에 서공도가 부연했다.

"특별히 지칭할 말이 없기 때문입니다. 따로 근거지를 두지도 않고, 이렇다 할 수입 구조도 없으며, 심지어 집단 내부의 상하 구분도 거의 없습니다. 말 그대로 사람들이 모여 있을 뿐이지요."

서공도의 설명에도 황사록의 의문은 오히려 점점 더 깊어지기만 했다.

"그런 놈들이 저렇게 기를 쓰고 우리 산채를 공격한단 말인가?"

"서하단은 오직 한 가지 기치 아래 모인 자들이기 때문입니다."

"그게 뭔가?"

"의협(義俠)입니다."

서공도의 답에 황사록이 저도 모르게 피식 실소를 터트렸다.

"의협? 하하, 내가 세상 물정 모르는 애송이들에게 긴장했단 말인가?"

어처구니없는 이야기였다. 의협의 기치라니, 그것부터가 가당찮은 일이 아닌가. 한편으로는 그렇게 세상 물정 모르는 놈들이 육백 명이나 된다니 당혹스러운 마음도 있다.

하지만 서공도는 오히려 손을 내저으며 황사록의 방심에 경고를 했다.

"그렇게 만만히 볼 놈들이 아닙니다. 지난 삼 년 동안 저 서하단의 손에 무너진 자들이 부지기수입니다."

그제야 황사록이 얼굴에서 웃음을 거두었다. 하지만 방금 전 이야기 때문이 아니었다.

"네가 그렇게 이야기할 정도라면 조심해서 나쁠 것은 없겠지."

"신념을 가진 자들이 가장 무서운 점이 무엇인지 아시지 않습니까?"

"젊은 혈기에 세상 물정도 모르는데다 신념까지? 꽤 귀찮은 조합이기는 하군. 하지만 그 신념이라는 건 놈들에게만 있는 게 아니지 않은가."

"그렇기는 합니다만, 서하단의 단주 백무결의 무공은 채주님과 거의 백중세로 알려져 있습니다."

서공도의 주의에 황사록이 뒤도 돌아보지 않은 채 아래쪽을 가리키며 말했다.

"저놈이 백무결이라는 놈이군."

서공도가 황급히 앞으로 다가가 목책 바깥의 공터를 내려다보았다. 멀찍이 서하단이 몸을 숨기고 있는 곳에서 한 사내가 이쪽을 향해 성큼성큼 걸어오는 모습이 보였다. 아까 목책 밖에서 고함을 내질렀던 그 사내.

"아마, 맞는 것 같습니다."

서공도가 슬쩍 황사록에게 걱정스러운 눈길을 보내다가 다시 목책 아래로 시선을 돌렸다. 그 눈빛의 의미를 알아챈 황사록이 피식 웃으며 말했다.

"걱정 말게. 내가 언제 섣불리 움직이는 걸 본 적이 있는가?"

"그, 그렇기는 합니다만…… 어, 어어!"

백무결에게서 시선을 떼지 않고 있던 서공도가 갑자기 실성을 터트렸다. 황사록의 시선이 반사적으로 서공도의 눈길을 좇았다.

저 멀리서 천천히 다가오던 백무결이 갑자기 목책을 향해 득달같이 달려오고 있었다.

목책 위의 움직임이 바빠졌다. 뒤쪽에 있던 장전수들이 재빨리 쇠뇌에 화살을 걸면, 앞에 있는 노수(弩手)가 달려오는 백무결을 겨냥해 화살을 날렸다.

타탁.

파파팍!

그러나 큰 실속은 없었다. 정확하게 날아간 화살은 백무결의 장검에 힘없이 꺾이고, 그 외의 나머지는 허무하게 땅바닥을 두드렸다.

"쏴라!"

하지만 황사록은 더욱 큰소리로 노수들을 독려했다. 한 대면 될 일이었다. 몸뚱이가 쇠붙이가 아닌 피육으로 된 인간이라면, 일단 맞으면 뚫린다.

쏴아아아!

소나기처럼 퍼붓는 화살 비. 하지만 백무결은 한층 더 빠른 속도로 내달리며 그대로 목책을 향해 돌진했다.

"어어, 채주님. 저자가 설마!"

서공도가 기겁을 하며 외쳤다. 백무결의 손에 들린 장검에 아스라한 빛이 솟구치는 것을 본 탓이었다.

"흡!"

가장 먼저 반응한 이는 황사록이었다. 짧게 숨을 들이켜는가 싶더니, 망루에서 바닥을 향해 그대로 몸을 날렸다.

그 순간, 백무결이 목책에 당도했다. 그리고 이어진 굉음.
꽈아아앙!
후우웅!
검삭을 머금은 서하검이 묵직한 바람을 끌어안았다. 마치 몽둥이를 휘두르듯 횡으로 그어진 궤적이 목책을 이루고 있는 굵은 나무기둥의 밑둥을 두드렸다.
꽈아아앙!
손으로 전해지는 묵직한 반발력과 함께 풀썩 먼지가 피어오르며 시야를 가렸다. 하지만 백무결은 일말의 망설임도 없이 몸을 날렸다. 손을 통해 전해진 감각이 제대로 구멍이 뚫린 것을 알려 주었기 때문이다.
"흡!"
그리고 구멍을 통해 목책 너머로 들어간 순간, 백무결의 입에서 당혹성이 터져 나왔다.
"이, 이건!"
목책을 뚫고 들어간 백무결의 앞을 막아선 것은 또 하나의 목책이었다.
첫 번째 목책과 일 장 정도의 거리를 두고 또 하나의 목책이 세워져 있었다. 다시 말해, 거리를 두고 두 겹의 목책을 올린 것이다.
백무결은 기겁한 표정으로 사방을 두리번거렸다.

'이건 목책이 아니잖아!'

위쪽으로 시선을 올려다보니 두 목책의 사이를 가로지르는 통나무가 일정한 거리로 박혀 있었다. 그리고 그 위에 나무판자가 얽혀 있는 것이 눈에 들어왔다.

흡사 통나무로 집을 지어 놓은 느낌이었다. 목책을 기둥 삼아, 가로질러 박혀 있는 통나무를 대들보 삼아 그 위에 지붕을 덮듯이 나무판자가 얽혀 있는 형태였다.

독산 산채의 산적들은 단순한 나무 울타리인 '목책'을 세운 것이 아니었다. 속이 비어 있기는 해도, 나무를 이용해 일종의 '성벽'을 만든 것이었다.

"헉!"

그리고 뒤늦게 백무결의 머릿속에 경종을 울리는 것이 있었다.

그가 목책을 뚫고 들어온 이유는 산적들의 쇠뇌를 무력하게 만들기 위함이었다. 그런데 노수들이 서 있는 발판을 무너트릴 기둥이 없었다. 아니, 기둥이 없는 것이 아니라 땅에 단단히 박혀 있는 목책이 기둥, 그 자체였다.

다급해진 백무결이 방금 들어온 구멍을 향해 버럭 소리를 내질렀다.

"후퇴!"

3장

섬의 주인[島主]

"뭐?"

하세견이 반사적으로 걸음을 멈췄다. 목책을 향해 함께 뛰쳐나가던 조장들 역시 마찬가지.

쐐아아!

잠시 멈칫하는 사이, 목책 위에서 화살비가 쏟아졌다. 다행스러운 것은, 서하단 단원들 중에서도 무공이 출중한 편에 속하는 조장들만 앞으로 나섰다는 점.

황급히 손발을 움직이며 날아드는 화살들을 쳐 내고 피한 덕분에 부상자는 나오지 않았다.

"물러서!"

하세견은 일단 단원들을 뒤로 물렸다. 그러면서도 저 멀리 보이는 목책에 시선을 집중했다. 정확하게는 목책의 아래쪽에 뻥 뚫린 구멍 쪽을 살폈다.

뭔가 잘못된 것이 분명했다.

'예상치 못한 무언가가 있다는 의미…….'

하세견을 급히 머릿속에 상황을 그렸다.

백무결의 후퇴하라는 외침, 그리고 지금 빗발치는 화살들.

일단 한 가지는 분명했다. 백무결이 처음의 계획대로 노수들이 서 있는 발판의 기둥을 무너트리지 못했다는 것이다.

어느새 아까 몸을 숨겼던 곳까지 피한 하세견은 커다란 바위에 등을 기댄 채 팔짱을 꼈다.

"부단주님, 지금 여유를 부리실 때가 아닌……."

함께 몸을 피한 조장 중 하나가 다급한 목소리로 말했다. 하지만 하세견은 손을 들어 그의 말을 막은 후 다시 생각에 잠겼다.

계획대로 일이 진행되지 않았다는 것은 누구나 알 수 있는 사실. 하지만 거기서 좀 더 생각을 해 봐야 했다.

하세견이 아는 백무결은 어지간해서는 원래의 계획을 비틀지 않는다. 여러 사람이 함께 움직여야 하는 일에서 한

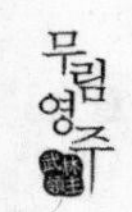

가지가 틀어지면 그로 인해 수많은 피해가 생긴다는 것을 잘 알고 있기 때문이다.

그런 백무결이 안 된다는 외침만 터트렸다는 것은 단순히 상황이 어려워서 그런 게 아니라는 뜻. 불가항력적인 무언가가 있는 것이 분명했다.

물러서기 전에 살펴보았을 때, 구멍 너머로 백무결의 모습이 언뜻 보였다. 게다가 아까 후퇴라고 외칠 때도 아예 이쪽으로 얼굴을 보였다.

'무결의 상황은 급하지 않다는 뜻인데…….'

구멍 너머로 적들의 모습도 보이지 않았음은 물론, 방금 화살을 쏘기 전에는 별다른 소리도 들리지 않았다.

하지만 역시 이해가 되지 않었다.

'적이 우글거리는 곳으로 들어갔고, 계획은 틀어졌다. 그런데 급하지 않다?'

도무지 이해할 수 없는 일이었다.

'뭐지?'

바로 그때였다.

"아아악!"

저 멀리 목책 쪽에서 갑자기 비명이 들려왔다.

"설마!"

깜짝 놀라 고개를 내민 하세견의 눈에 생각지도 못한 광경이 들어왔다.

"뭘 하는 거지?"

황사록이 잔뜩 긴장한 얼굴로 목책을 노려보며 중얼거렸다. 그의 뒤로는 독산 산채의 산적들이 제각각 무기를 든 채 새까맣게 몰려 있었다.

하지만 산채 안쪽의 목책 너머에서는 아무런 소리도 들리지가 않았다.

'무슨 의도였는지는 알겠는데…….'

백무결이 목책을 향해 달려드는 것을 보았을 때, 황사록은 그 의도를 충분히 짐작할 수 있었다. 가장 거치적거리는 목책 위 노수들을 먼저 정리하려 했으리라. 그런 후에 서하단 놈들 모두가 목책을 넘거나 무너트리고 산채를 공격할 생각이었을 것이다.

그렇기에 크게 걱정하지는 않았다. 바깥쪽 목책을 뚫고 들어왔는데, 안쪽에 또 목책이 있는 것을 보면 주춤하게 될 것이 분명하다고 생각했던 것이다. 망루에서 급하게 뛰어내렸던 것은 어디까지나 만에 하나의 경우를 염두에 두고 한 행동이었을 뿐이다.

그리고 예견대로 백무결은 바깥쪽 목책을 뚫은 직후, 저 바깥쪽을 향해 '안 돼' 라고 외쳤다. 황사록의 짐작이 맞았

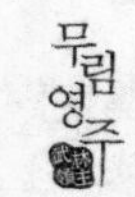

다는 의미였다.

문제는 그 후였다. 아무것도 할 생각이 없다는 듯 두 개의 목책 사이에서 쥐 죽은 듯 조용히 있는 것이 아닌가. 되돌아갔다면 노수들이 반응을 보였을 텐데, 조용한 것을 보면 그것도 아닌 듯했다.

'문을 열고 확인을 해야 하나?'

소리 없이 뭔가를 꾸미고 있을지도 모르니 확인을 하는 것이 좋을 수도 있었다.

탁, 타닥!

순간, 갑자기 둔탁한 무언가가 목책을 두드리는 소리가 들렸다. 게다가 그 소리는 움직일 때마다 차츰차츰 높아졌다. 예의 그 소리가 머리 위까지 올라가는 순간, 황사록이 와락 인상을 구겼다.

"위다!"

콰아앙!

황사록의 외침이 터지기가 무섭게 목책 위에서 요란한 굉음이 터져 나왔다.

노수들이 딛고 서 있는 발판은, 위에서는 움직일 공간을 만들어 주지만 아래에서는 지붕과 같은 존재. 백무결은 두 목책 사이를 번갈아 차며 위로 올라가 지붕을 뚫고 직접 노수들 사이로 뛰어든 것이었다.

"물러서라!"

황사록은 위쪽의 노수들을 향해 황급히 외치는 동시에 그대로 들이받을 듯한 기세로 목책을 향해 내달렸다. 그리고 목책에 닿기 직전, 벽호공을 펼치며 급히 목책을 타고 올랐다.

황사록의 신형이 꼭대기까지 겨우 두세 번의 도약만을 남겨둔 순간, 시야 안으로 무언가 커다란 것이 불쑥 끼어들었다.

"흡!"

헛바람을 집어삼키며 두 발로 목책을 힘껏 밀었다. 그리고 황사록의 신형이 목책과 거리를 벌리는 순간, 그 사이로 위에 있던 노수 하나가 추락했다.

"으아아악!"

쿠웅!

단말마에 가까운 비명이 울려 퍼지는가 싶더니, 노수는 그대로 땅으로 처박히며 사방으로 피를 뿌렸다.

"이놈이 감히!"

황사록이 이를 갈며 위를 노려보았다. 하지만 그 순간에도 그의 수하들은 우르르 바닥으로 추락하고 있었다. 백무결의 공격을 피하기 위해, 혹은 백무결의 힘에 떠밀려.

그중에서 목숨을 부지한 이는 겨우 절반 정도. 하지만

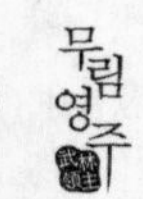

그렇게 목숨을 건진 이들도 모두 무사하지는 못했다. 떨어진 충격에 다리나 팔, 어디 한 군데 부러져 제대로 움직이지 못하는 사이, 뒤를 이어 끊임없이 떨어져 내리는 동료들과 부딪쳐 죽어 나가는 이들이 발생했다.

"멈춰라!"

황사록이 위로 오를 수 있는 방법을 찾기 위해 주변을 확인하던 순간, 갑자기 머리 위쪽에서 우렁찬 호통이 터져 나왔다. 황급히 고개를 들어보니, 방금 전까지 그가 서 있던 망루에서 들리는 소리였다.

소리가 난 쪽으로 고개를 돌린 황사록이 반색을 하며 외쳤다.

"맹 아우!"

네 명의 부채주 중 한 명인 맹자헌이었다. 부채주들 중에서도 머리 회전이 빠르고 판단력이 좋은 그였기에 단번에 상황을 파악하고 망루로 올라간 것이었다.

"내가 상대해 주마!"

훌쩍 도약을 해 목책 위에 오른 맹자헌이 백무결을 향해 득달같이 달려들었다. 그런 맹자헌의 양손에는 한 쌍의 철곤(鐵棍)이 쥐어져 있었다.

휭, 휘잉!

채 이 척도 되지 않을 것 같은 짧은 두 자루 철곤이 무시무시한 압력을 뿜어내며 백무결을 향해 달려들었다.

"흡!"

백무결 역시 생각지도 못한 거센 기운에 급히 호흡을 끊으며 서하검을 들어 올렸다.

까아아앙!

일말의 망설임도 없이 서하검의 검신을 두드리는 두 자루 철곤. 그 철곤을 감싸고 있는 것은 짙은 푸른색의 아지랑이였다. 굳이 이름을 붙인다면 곤기(棍氣)라 할까.

"큭!"

손을 저릿하게 만드는 묵직한 충격에 백무결이 묵직한 신음을 흘렸다. 이미 초절의 경지에 오른 그였기에 기운이든 힘이든 곤기 정도라면 충분히 받아 낼 수 있었어야 정상. 하지만 맹자헌은 선천적으로 괴력을 타고난 듯, 완력으로 백무결을 밀어붙이기 시작했다.

훵, 휘잉!

맹자헌이 두 자루 철곤을 쉴 새 없이 휘두르며 백무결을 몰아붙였다.

첫 합에서의 충격 탓인지 백무결은 굳이 철곤을 막으려 하지 않고 날렵한 보법을 펼치며 몸을 피했다. 그리고 그것을 확인한 맹자헌의 입가에 피식 조소가 떠올랐다.

지금 두 사람이 서 있는 곳은 목책 위에 길게 만들어진

발판 위. 비유를 하자면 높은 곳에 만들어진 일 장 폭의 다리 위에서 적을 맞이하고 있는 셈이었다.

철곤이 단병이기는 해도 일 장 정도는 충분히 막아 낼 수 있는 범위였다. 즉, 백무결의 운신의 폭을 뒤쪽으로만 제한한 셈이었다.

타다닥!

백무결의 두 발이 기묘한 보법을 밟으며 뒤로 반걸음 움직이는 동시에, 상체가 물 흐르듯 움직이며 맹자헌의 철곤을 피했다.

'보통 놈은 아니다만!'

맹자헌이 보기에도 무공의 수준 자체만 본다면 확실히 백무결이 자신보다 더 우위에 있었다. 하지만 개의치 않았다. 무공 수준의 우열이 목숨을 살려 주지는 않으니.

비록 반보에 불과하지만 백무결을 뒤로 몰아세우고 있다는 것이 중요했다.

슬쩍 백무결의 뒤쪽을 확인한 맹자헌이 옅은 조소를 머금었다. 자신이 백무결의 손을 막은 사이, 황사록이 목책 위로 올라서고 있었기 때문이다.

이대로 몰아붙이면 백무결을 자신과 채주 사이에 몰아넣을 수가 있었다.

앞뒤로 포위를 당한 상태라면 좌우의 목책 아래로 뛰어

내리는 수밖에 없었다. 그런데 산채 안쪽은 새까맣게 운집해 있는 수하들이 있다. 아무리 수하들의 무공이 떨어진다 해도 혼자서 저 많은 수를 상대할 수는 없는 법이었다.

그러니 놈이 택할 수 있는 방향은 결국 산채 바깥쪽, 왔던 곳으로 되돌아가는 수밖에 없었다.

그게 아니라면 채주와 자신 사이에 끼어 결국 죽음을 맞이하리라.

놈을 죽이거나 혹은 쫓아내거나, 둘 중 하나의 결과. 자신들로서는 손해 볼 것이 없는 결과였다. 목책에 구멍이 뚫리고 노수들이 죽은 것이 아깝기는 하지만, 자신이 재빨리 올라온 덕에 아주 큰 피해는 아니었다. 일단은 놈을 밀어낸 후, 산채 안의 수하들과 함께 제대로 잡아 죽이면 될 일이었다.

쉐에에엑!

정신없이 맹자헌의 철곤을 피하는 백무결의 뒤쪽에서 갑자기 섬뜩한 바람 소리가 울렸다. 소리도 없이 목책 위로 올라선 황사록이 백무결의 등판을 향해 내지른 칼질 소리였다.

동시에 백무결의 신형이 발판을 박찼다.

"음?"

"저, 저게 무슨?"

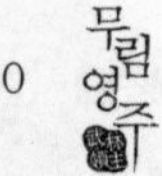

백무결이 갑자기 산채 안쪽, 즉 수하들이 바글거리며 버티고 있는 곳으로 뛰어내린 것이었다.

"대, 대형, 놈을 쫓아야 합니다!"

잠시 멈칫했던 맹자헌이 다급한 외침과 함께 백무결의 뒤를 쫓아 몸을 날렸다. 황사록은 백무결과 맹자헌의 돌발적인 행동에 놀란 와중에도 급히 뒤를 쫓았다.

그리고 두 발이 채 땅에 닿기도 전에 맹자헌이 다급히 뛰어내린 이유를 알아냈다.

"저, 저 잡놈이!"

갑작스런 난장판이 펼쳐졌다. 목책 앞에 모여 있던 산적들 사이로 뛰어든 백무결이 만들어 낸 아수라장.

"으아아악!"

비명이 울려 퍼지고 사방으로 피가 솟구쳤다. 그것은 싸움이 아니었다. 말 그대로 일방적인 살육.

백무결의 서하검이 그리는 완전무결한 궤적에 산적들은 제대로 칼 한 번 휘두르지 못한 채 그대로 숨이 끊어졌다.

"피, 피해!"

"도망쳐!"

산적들이 백무결으로부터 멀어지기 위해 정신없이 달아나기 시작했다. 하지만 거의 칠백에 달하는 사람들이 목책 앞에 빽빽하게 모여 있던 상황이었다. 거기에 제대로 상황을 파악하지 못한 산적들도 있었다.

일사불란하게 몸을 피하는 것은 그야말로 불가능에 가까운 일이었다.

“비켜!”

“미, 밀지 마!”

서로 밀고 밀리며 넘어지고 밟히고 아우성이 일어났다.

“아아악!”

급기야 같은 산적들끼리 밟혀 죽는 자들이 속출하기 시작했다.

“이 육시를 할 놈!”

황사록과 맹자헌이 노기가 가득한 얼굴로 백무결을 향해 달려들었다. 하지만 백무결은 굳이 그들을 상대하지 않았다.

탁!

가볍게 땅을 박차는가 싶더니, 도망치는 산적의 어깨 위로 올라섰다.

그런 백무결의 모습을 눈으로 좇던 황사록의 두 눈에 불안감이 스쳤다.

‘서, 설마?’

황사록이 머릿속에 떠오른 불안감의 정체를 채 깨닫기도 전에 일이 벌어졌다.

퍽!

으득!

"끅!"

산적들의 어깨를 밟고 움직이는 백무결의 두 발이 또 다른 살육을 시작했다. 단순히 어깨를 밟고 지나가는 것이 아니었다. 발에 걸리는 산적들의 머리통을 주저 없이 발로 차 꺾어 버린 것이다.

당하는 입장에서는 잔인하기 짝이 없는 행태.

"곱게 죽을 생각은 않는 것이 좋을 것이다!"

황사록이 당혹감과 분노로 일그러진 얼굴로 버럭 소리를 질렀다. 뒤늦게 정신을 수습한 맹자헌도 내공을 가득 담아 소리를 질렀다.

"산채의 식구들은 모두 산으로 올라가라!"

산속에 숨어 있는 산적들이라면 당연히 해야 할 걱정이 관부나 무림 세력들의 토벌이다. 그러니 그에 대한 대비가 준비되어 있었고, 맹자헌의 외침은 그것을 시행하라는 일종의 신호였다.

일단은 목책을 중심으로 공간을 만들어야 했다. 그래야만 백무결을 잡을 수 있었다. 마침 산채 안쪽에 대기하고 있던 다른 부채주 세 명이 이쪽을 향해 달려오는 참이기도 했다.

두 명의 부채주가 산적들의 움직임을 통제하고, 남은 한 사람이 백무결이 있는 곳을 향해 달렸다.

그리고 그제야 조금 정신을 수습한 산적들이 일사불란하게 움직이기 시작했다.

하지만 황사록을 포함한 독산 산채의 산적들은 자신들이 한 가지를 망각하고 있다는 사실을 까맣게 잊고 있었다.

슈슈슈슉!

갑작스레 터져 나오는 날카로운 파공성에 황사록이 급히 걸음을 멈췄다. 익숙한 소리였다. 쇠뇌에 걸었던 화살이 공간을 가르는 소리.

쇠뇌로 쏜 화살의 위력이 활로 쏜 그것과는 현저히 다르듯, 그 소리도 훨씬 날카롭고 세차다. 황사록은 직접 수하들을 훈련시켰기에 그 소리를 확실히 구분할 수 있었다.

문제는 그 소리가 등 뒤에서 자신들을 향해 날아든다는 것이었다.

퍽, 퍼퍽!

둔탁한 소음과 함께 쇠뇌의 화살이 산적들의 몸뚱이를 꿰뚫었다. 또다시 비명이 울려 퍼지고 아비규환의 수라장이 만들어졌다.

난데없이 뒤에서 날아드는 화살에 일사불란하게 움직이던 산적들의 대열이 또다시 난장판이 되었다.

"이, 이놈들이!"

고개를 돌려 화살이 날아온 곳을 확인한 황사록이 이를 빠드득 갈아붙였다. 어느새 목책 위에 올라선 서하단 단원들이 이쪽을 향해 쇠뇌를 쏘고 있었다.

백무결이 날뛰는 바람에 모든 시선이 그에게 모여들었고, 목책 위가 비어 있는 동안 은밀하게 다른 일이 벌어진 것이다.

독산 산채 입구의 나무 성벽에는 백무결이 목책에 뚫어놓은 것과 목책 안에서 발판 위로 올라갈 수 있도록 뚫어놓은 두 개의 구멍이 있었다. 그리고 모든 시선이 백무결에게 쏠려 있는 사이, 서하단 단원들이 은밀하면서도 빠르게 그 구멍을 통해 위로 올라온 것이었다.

말 그대로 백무결이 시선을 끄는 동안 성벽을 장악당한 셈인 것이다.

그리고 엎친 데 덮친 격으로, 백무결의 난동으로 노수들이 달아나면서 목책 위에 버리고 온 쇠뇌가 꽤 많았던 것이다.

쇠뇌는 그 생김새 자체도 한눈에 사용법을 알 수 있을 정도로 직관적인데다 훈련을 하지 않아도 어지간한 정확도를 보장해 준다는 것이 장점이었다. 그리고 그 장점이 지금 독산 산채의 산적들을 궁지로 몰아넣고 있었다.

그나마 다행인 것은 세차게 쏟아지던 화살비가 빠르게 그쳤다는 것. 노수들이 대부분 화살 통을 허리에 걸고 있었기 때문에 목책 위에 쇠뇌는 남아 있었지만 화살은 그리 많이 남아 있지 않은 것이다.

황사록은 애써 호흡을 고르며 사방을 살폈다.

화살이 그치자 산적들은 빠르게 안정을 되찾았고, 두 부채주의 인솔로 다시 일사불란하게 움직이고 있었다. 백무결 놈은 부채주 중 마채성이 움직임을 막고 있는 상황. 마지막으로 목책 위의 서하단 놈들은 우르르 아래로 내려와 대열을 맞추고 있었다.

그렇게 주위를 살피다 눈에 들어온 예기치 못한 광경이 있었다. 아까 황사록이 올라가 있던 망루의 아래쪽 땅바닥에 널브러져 있는, 머리가 으깨지고 사지가 뒤틀린데다 두 대의 화살이 박혀 있는 시체 하나.

산채의 책사 역할을 맡고 있던 서공도의 시체였다. 서하단 놈들이 가장 먼저 자신들을 발견한 서공도를 먼저 처리한 것이었다.

만약 망루 위에 남아 있던 서공도가 좀 더 빨리 상황을 파악했다면 이런 사태도 벌어지지 않았으리라. 하지만 이미 죽은 놈을 상대로 책망을 해 봐야 소용없는 일이었다.

어쨌든 상황은 안정되어 이제 정식으로 전투를 벌이는

것이 가능했다. 황사록은 지그시 이를 악문 채 고개를 끄덕였다. 정식으로 전투를 벌인다면 확실하게 이길 자신이 있었다.

"맹 아우, 일단 산 위로 올라가 대열을 정비해라!"

"예, 형님!"

짧은 대화를 주고받은 두 사람은 빠르게 산 위를 향해 경공을 펼쳤다. 수하들은 이미 절반 이상 산 위로 대피를 한 상황이었다.

지금 쫓아봐야 소용이 없다고 생각했는지 서하단 놈들은 쫓아올 기미가 보이지 않았다.

"마 아우! 산으로 올라가!"

황사록의 외침에 백무결과 싸우던 마채성이 재빨리 땅을 박차며 자리를 벗어났다. 그런 마채성을 쫓기 위해 급히 방향을 가늠하던 백무결이 멈칫하며 뒷걸음질을 쳤다. 황사록을 포함해 세 명을 한 번에 상대하기는 무리라고 판단한 모양이었다.

황사록이 그런 백무결을 향해 노기가 잔뜩 담긴 목소리로 고함을 질렀다.

"오늘 이곳에 온 것을 두고두고 후회하게 해 주마!"

온몸의 살점을 한 겹, 한 겹 포를 떠도 시원찮을 놈이었다. 오늘 놈들 때문에 죽은 수하들만 해도 족히 삼사백 명은 될 터였다. 그들을 훈련시키고 한 사람 몫을 하도록 만들기 위해 얼마나 시간과 공을 들였던가.

그런 수하들이 서하단 놈들에게 학살당하다시피 했으니 한이 사무치는 것도 당연한 일.

어쨌든 지금까지는 정식으로 싸운 것이 아니었다. 어디까지나 기습과 예기치 못한 돌발 행동일 뿐이었다.

'정식으로 싸운다면 네놈들은 절대 우리를 이기지 못한다.'

서하단은 숫자가 많기는 하지만 제대로 된 명령 체계조차 갖추지 못한 집단이었다. 육칠백 명에 육박하는 두 집단이 정면으로 전투를 벌인다면, 단순히 무공의 고하로 승패가 갈리지 않았다. 얼마나 체계적으로 싸우는가 하는 것이 가장 중요했다.

황사록은 그동안 자신이 만들어 온 체계를 절대적으로 믿었다. 그리고 그 믿음이 오늘 황사록의 가장 큰 패착이었다.

"이, 이게 어찌 된 일이냐?"

황사록이 너무 큰 충격에 턱을 덜덜 떨며 물었다. 제대로 발음이 되지 않을 정도로 그의 충격은 심했다.

"혀, 형님!"

맹자헌도, 마채성도, 다른 두 부채주도 도저히 믿을 수 없다는 얼굴로 전장을 바라보았다.

자신들은 물론, 산채의 모든 식구들은 전쟁을 위해 지금껏 훈련을 해 온 몸들이었다. 미묘한 신호 하나만으로도 언제든 진형을 바꾸고, 전술에 따른 신속한 움직임을 보일 수 있었다.

절대적인 수적 열세만 아니라면 절대 패하지 않으리라는 자신감을 가지고 있던 그들이었다.

그만큼 자신감이 강했기에 지금 눈앞에 펼쳐진 광경이 더욱 큰 충격으로 그들의 머릿속을 강타했다.

구변진의 강병들에 비견해도 밀리지 않으리라 생각했던 자신들이, 무림의 오합지졸들에게 저렇게 도륙을 당한다는 것은 꿈에도 생각지 못한 일이었다.

"이게 어찌 된 일이냐고!"

황사록이 버럭 소리를 내질렀다. 하지만 지금은 그 이유를 파악할 때가 아니었다. 맹자헌이 다급한 목소리로 외쳤다.

"빨리 후퇴해야 합니다!"

마채성 역시 떨리는 목소리로 말했다.

"남은 병력이라도 보존해야 합니다!"

하지만 황사록의 귀에는 다른 목소리가 들리지 않았다.

"지금 저 육시랄 놈들을 두고 물러나자는 말이냐!"

"저들은 도주(島主)님의 병사들입니다. 만약 저들을 모두 잃는다면 우리는 절대 씻을 수 없는 죄를 짓는 것입니다!"

곧장 되돌아온 마채성의 외침에 황사록은 그제야 정신을 차릴 수 있었다.

당장 눈앞의 상황보다는 더 먼 곳을 봐야 했다. 그러기 위해서는 조금이라도 많은 병력을 보존해야 했다.

"크윽!"

치가 떨리지만 지금은 어쩔 수 없었다.

"후퇴한다!"

황사록의 명이 떨어지자마자 마채성이 입에 짧은 피리를 물었다.

삐이이이이이익!

끝날 생각이 없는 듯 아주 길게 이어지는 높은 피리 소리. 독산 산채의 퇴각 신호였다.

"어찌 생각하나?"

백무결이 던지는 물음에 뒤로 물러나는 독산 산채 산적들을 쫓던 하세견이 걸음을 멈췄다. 앞뒤 다 자르고 맥락 없이 던지는 물음이었지만, 하세견은 백무결이 무엇에 대

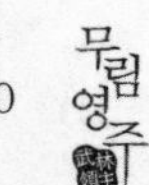

해 묻는 건지 짐작할 수 있었다.

“말이 안 돼.”

“나 역시 같은 생각일세.”

백무결이 기다렸다는 듯 하세견의 말에 동조했다.

독산 산채의 산적들을 두고 하는 말이었다. 하나부터 열까지 죄다 상식적으로 이해할 수 없는 일투성이였다.

우선은 쇠뇌. 쇠뇌는 군에서 운용하는 강력한 전쟁 무기였다. 전쟁 물자니 당연히 민간으로는 유출될 일이 없었다. 물론, 가끔 한둘 정도 유출되는 경우가 있기는 했다. 하지만 독산 산채는 이백 명이나 되는 산적들이 그걸 들고 있었으니, 최소 이백 장(張)을 보유하고 있다는 뜻이었다.

두 번째는 산채 입구를 막고 있는 목책이었다. 단순한 나무 울타리가 아니라 성벽의 수준으로 견고하게 만들어진 나무 성벽. 만약 백무결이 아니었다면 그 목책을 뚫는 것조차 아주 요원한 일이었을 것이다.

마지막으로는 산적들의 움직임이나 분위기, 행동 등이었다. 도저히 그냥 산적으로는 볼 수 없는 모습들이다. 엄중한 군기와 절도 있는 행동, 조금도 흐트러지지 않는 대열 등이 도저히 산적이라 보기 힘들었다.

전투를 하는 모습 또한 마찬가지였다. 서하단이 지금까지 상대해 왔던 여느 산적들과 확연히 달랐다. 그렇다고 무림의 세력 같지도 않았다. 독산 산적들의 전투는 의심할 여지도 없이 군의 전투였다.

효율적으로 나뉘어 있는 편제와 명령 한 번에 일사불란하게 진열을 바꾸는 모습, 그리고 무엇보다 지금의 후퇴하는 모습이 흔히 볼 수 없는 군의 방식이었다.

전투를 하던 중 후퇴를 한다는 것은 앞뒤 재지 않고 무조건 도망치는 것이 아니었다. 마냥 도망만 칠 경우, 뒤를 잡혀 몰살을 당할 가능성이 아주 높기 때문이었다. 그렇기에 천천히 뒷걸음질을 치며 아군을 보호하는 동시에 적의 추적을 끊는 체계적인 움직임이 필요했다.

그리고 그것을 실행하기 위해서는 수없이 많은 훈련을 거쳐야 했다.

그런데 지금, 눈앞에서 그러한 효율적이고 체계적인 후퇴 광경이 펼쳐지고 있는 것이었다.

"우리도 경험이 없었으면 속절없이 당할 뻔했네."

하세견의 말에 백무결이 굳은 얼굴로 고개를 끄덕였다.

서하단의 전신인 의천단은 절강성의 왜구들을 상대하면서 조직된 집단이었다. 그리고 왜구들과의 전투는 군의 전투와 크게 다르지 않았다. 왜구들의 절반 이상이 전쟁이 한창인 동영의 탈영 병사들이었기 때문이다.

처음 왜구들을 상대할 때 꽤 애를 먹었던 의천단은, 왜

구들을 상대한 경험이 많은 처주무련 소속 방파의 전투 방식을 보고 자신들의 만의 전투 방식을 고안해 냈다.

바로 백무결이 익히고 있는 하유보(霞流步)를 바탕으로 의천보(義天步)라는 집단을 위한 보법을 만들어 낸 것이었다.

굳이 정의를 하자면 진법의 일종이었다. 제대로 만들어 낸 진법은 아니지만, 열 명을 하나로 묶어 각자의 위치와 역할을 만들고 짧은 명령만으로도 법칙에 따라 발만 움직이면 동료를 보호하고 적을 상대할 수 있는 보법이었다.

하유보는 백무결이 익히고 있는 서하공을 구성하고 있는 무공 중 하나였다.

백무결의 스승인 백운서가 추구한 무공은 정통 중에서도 정통이었다. 정통의 또 다른 이름은 보편성. 아주 기초적이고 보편적인 무리(武理)를 바탕으로 초월적인 경지에 오르는 것이 백운서가 추구하는 길이었다. 그런 만큼 그가 창안한 무공들은 약간의 응용만으로도 다양한 파생이 가능했던 것이다.

지금 서하단이 열 명씩 하나의 조로 구성하고 있는 이유도 그때의 경험을 토대로 한 것이었다.

어쨌든 그러한 경험이 없었다면 오늘 서하단은 큰 낭패를 보았을 것이 분명했다. 그만큼 독산 산적들의 움직임은

특이했다.

"느낌이 좋지 않군."

백무결의 말에 하세견 역시 고개를 끄덕였다. 의외의 상황이라는 것은 보통 의외의 결과를 부른다. 이대로 진행한다면 서하단 역시 큰 피해를 볼 수도 있었다.

"어쩔 텐가?"

물론 위험하다고 해서 물러설 백무결이 아니었다.

"저놈들을 그대로 둘 수는 없지 않은가?"

"위험할 것 같은데?"

하세견의 걱정스러운 반응에 백무결 역시 고개를 끄덕였다.

"저놈들을 그대로 두었다가는 민간에 대한 피해가 극심할 거야."

"어쩔 수 없군."

지난 삼 년 동안 서하단의 일원으로서 의협을 행하기 위해 싸워 온 사람들은 아주 많았다. 그리고 그중 꽤 많은 이들이 목숨을 잃었다. 그럼에도 서하단은 여전히 협의의 상징으로 무림에 이름을 떨치고 있었다. 그 어떤 상황에서도 불의를 보고 넘기지 않았기에 가능한 일이었다.

"가세."

"그러지."

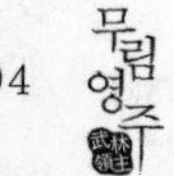

집단과 집단의 싸움, 전투라는 것은 당연히 수많은 목숨이 사라지는 결과를 부른다.

"으악!"

쉴 새 없이 비명이 터져 나왔다. 코끝이 찡할 정도로 짙은 피비린내가 가득하고, 계곡을 따라 붉은 핏물이 흘렀다. 하지만 서하단과 독산 산채의 전투는 조금도 끝날 기미가 보이지 않았다.

"이놈들이!"

온몸에 피를 뒤집어쓴 황사록이 버럭 고함을 지르며 대도를 휘둘렀다.

까가강!

무려 세 자루의 병장기가 불쑥 튀어나와 황사록이 긋는 대도의 궤적이 불쑥 끼어들었다.

"끄악!"

하지만 결국 단말마의 비명과 함께 두 명의 서하단원이 붉은 피를 뿜어내며 바닥을 나뒹굴었다. 지금 황사록을 상대하는 서하단원들과 황사록의 무공 격차가 너무 심한 탓이었다. 의천보를 바탕으로 체계적으로 움직이고 있지만, 일 합을 나눌 때마다 꼬박꼬박 한두 명씩 칼끝의 고혼이 되었다.

원래 서하단의 전투 방식을 생각하면 있을 수 없는 일이었다. 백무결을 중심으로 무공이 강한 단원들이 적들 중 고수들을 골라 상대하기 때문이었다.

이러한 광경 또한 독산 산채가 범상치 않다는 반증이었다.

백무결을 비롯한 고수들이 기를 쓰고 채주나 부채주 등 무공이 높은 이들을 향해 다가가려 하지만, 번번이 중간에 끼어드는 산적들로 인해 그 뜻을 이룰 수 없던 것이다.

그것도 단순한 병졸 수준이 아니라, 적어도 산적들 중에서도 중상위에 속하는 무인들이 막아서니 죽이고 넘어가는 데 꽤 시간이 걸렸던 것이다.

효율적으로 적의 고수를 막고, 이쪽의 고수가 적들 중 하수들을 베어 넘기는 방식이었다. 개개인이 아닌, 편제로 이루어진 집단이 그렇게 짜 맞춘 듯 움직이니 서하단으로서도 쉽지 않은 전투였다.

물론, 그럼에도 서하단이 점점 더 우세를 점하고는 있었다. 다만, 황사록이나 맹자헌 등 고수들의 주위로 서하단원들의 시체가 쌓이고 있다는 것이 문제였다.

과격한 황사록의 칼질에 순식간에 열 명의 서하단원이 싸늘한 주검으로 변했다. 하지만 그 정도로는 절대 만족할 수 없다는 듯, 살기로 번들거리는 황사록의 두 눈은 또 다른 적을 찾아 희번덕거렸다.

그때였다.

"흐아앗!"

악에 받친 고함과 함께 섬뜩한 기운이 황사록을 덮쳤다.

까아앙!

황급히 칼을 휘둘러 날아드는 공격을 막은 황사록의 눈에 들어온 것은, 처참한 몰골의 백무결이었다.

황사록이 저도 모르게 눈꼬리를 파르르 떨었다.

백무결은 어디 한 군데 성한 곳이 없었다. 이미 넝마가 되어 버린 옷은 온통 피로 물들어 원래의 색을 알아볼 수도 없었고, 온몸에 나 있는 크고 작은 상처에서 꾸역꾸역 피가 흘렀다. 무엇보다 황사록의 간담을 서늘하게 만든 것은, 시퍼런 안광을 뿜어내는 백무결의 살기 어린 눈빛이었다.

속절없이 죽어 가는 단원들의 모습에 억지로 포위를 뚫고 달려오다 보니 이런 몰골이 되어 버린 것이었다. 하지만 자신의 목숨을 도외시한 채 동료들을 위하는 이러한 모습이, 그가 지금껏 서하단을 이끌어 온 원동력이었다.

하지만 분노하고 있다는 점에서는 황사록 또한 마찬가지인 심정.

차차창!

짧게 합을 교환한 두 사람이 누가 먼저랄 것도 없이 거리를 벌렸다. 하지만 그것은 아주 찰나의 순간뿐. 이내 거센 기운을 뿜어내며 과격하게 서로 얽혀 들었다.

쩡, 쩌엉!

도검이 부딪치며 울리는 소리라고는 믿을 수 없을 정도로 묵직한 굉음이 터졌다.

"후읍!"

전신을 옥죄는 과격한 기세에 황사록은 한층 더 숨이 막히는 기분을 느꼈다.

두 사람의 모습을 극명한 대비를 이루고 있었다. 그다지 무리하지 않은 황사록이 지저분하기는 해도 깔끔한 모습을 유지하고 있다면, 날아드는 도검을 몸으로 뚫고 오느라 온몸이 상처투성이인 백무결의 몰골은 지금 당장 쓰러져도 이상하게 보이지 않을 정도였다.

하지만 압도당하고 있는 쪽은 오히려 황사록이었다.

백무결이 한 번 움직일 때마다 사방으로 피가 튀었다. 지혈 따위는 신경도 쓰지 않은 탓에 격렬한 움직임을 따라 쉴 새 없이 피가 솟구쳤다. 하지만 그러면 그럴수록 백무결의 손에 들린 서하검은 더욱더 짙은 빛을 머금었다.

"큭, 크윽!"

황사록은 연신 뒷걸음질을 치며 신음을 흘렸다. 간헐적

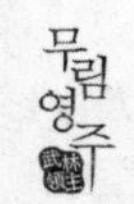

으로 무릎이 흔들리며 중심이 비틀어지는 모습이, 위태롭기가 짝이 없다.

"채주님!"

주변에 있던 적들을 밀어내고 황급히 다가온 맹자헌이 다급한 외침과 함께 몸을 날렸다. 하지만 이내 앞을 막는 그림자에 탓에 발을 멈출 수밖에 없었다.

"크흑, 얘기 좀 하지?"

백무결과 마찬가지로 피투성이가 된 하세견이 비틀린 미소를 지으며 말했다.

"이 잡놈들이!"

맹자헌이 버럭 소리를 지르며 앞으로 달려들려 할 때였다.

째앵!

"컥!"

귀가 따가울 정도로 날카로운 쇳소리와 함께 억눌린 비명이 터져 나왔다.

"헉, 형님!"

맹자헌이 기겁한 표정으로 소리를 질렀다. 찢어질 듯 부릅뜬 두 눈의 눈동자가 쉴 새 없이 흔들렸다. 그런 맹자헌의 두 눈에 담긴 광경은, 백무결의 서하검에 가슴팍이 꿰뚫린 채 무릎을 꿇고 있는 황사록의 모습이었다.

그리고 하세견은 그런 맹자헌의 빈틈을 놓치지 않았다.

스걱!

섬뜩한 소음과 함께 맹자헌의 목에 붉은 선이 그어졌다.

털썩!

뒤이어 맹자헌의 몸뚱이가 붉은 피를 뿜어내며 힘없이 무너졌다.

요란한 소리와 사방으로 뻗치는 무시무시한 기운 탓에 전장의 모든 이가 두 사람의 싸움을 확인하던 참이었다. 피아를 막론하고 살아 있는 모두가 황사록의 죽음을 인지했다.

두 우두머리의 싸움. 한 사람은 죽었고, 다른 한 사람은 살았다. 그렇다면 그 후의 결과는 너무나 분명했다.

독산 산채의 산적들이 아무리 제대로 된 훈련을 받았다 해도 자신들을 통솔하던 채주와 부채주 중 한 명의 죽음을 확인한 이상 사기가 떨어질 수밖에 없었다. 그렇지 않아도 서하단의 공격에 속절없이 뒤로 밀리던 차에 그런 상황까지 맞이했으니 당연한 결과.

갑자기 나타나 양민들을 괴롭히던 독산 산채는 그렇게 허무한 최후를 맞이했다.

"아, 도대체 왜 그러나?"

짜증과 괴로움이 뒤섞인 목소리로 나지막이 외친 이는 담씨세가의 책사, 이세신이었다. 단순히 목소리만이 아니었다. 얼굴에 떠오른 표정 또한 복잡하기 짝이 없었다.

그런 이세신의 시선 끝에는 또 한 명의 책사인 유춘이 오른손으로 턱을 괸 채, 이세신을 향해 묘한 눈빛을 보내고 있었다. 마치 뭔가 재미있는 것이라고 발견한 듯 이세신을 훑어보며 억지로 웃음을 참는 모습.

이세신으로서는 죽을 맛이다. 얼굴에 온통 짜증이 서리는 것도 당연한 일이었다. 벌써 반 시진째 저러고 있으니 도무지 신경이 쓰여 일을 할 수가 없었다. 자신을 훑어보는 저 눈길을 받고 있자니, 꼭 발가벗겨진 채 구경거리가 된 기분마저 들 정도였다.

하지만 이세신이 이렇게 물을 때마다 유춘은 고개를 설레설레 저으며 말했다.

"아무것도 아닙니다."

"후우!"

길게 한숨을 내쉬지만, 또 딱히 뭐라고 말하기도 애매한 탓에 이세신을 결국 손에 든 보고서로 눈길을 돌릴 수밖에 없었다. 그러다 문득 생각난 듯 유춘 옆에 쌓여 있는 종이 뭉치를 가리키며 말했다.

"자네도 그거 다 봐야 되는 거 아닌가?"

"그래야지요."

"그런데 뭐하나?"

"뭐, 그냥 이 학사님 보고 있는 거지요."

뭔가 슬쩍 말의 물꼬를 트는 듯한 느낌을 받은 이세신이 눈을 빛내며 물었다.

"그러니까 왜?"

"저는 말이죠……."

유춘이 은근슬쩍 말을 시작해 놓고 다시 뜸을 들였다. 하지만 이세신은 인내심을 가지고 유춘의 다음 말을 기다렸다.

유춘은 저도 모르게 피식 웃으며 말을 이었다.

"저는 이 학사님이 그렇게 못된 취향이 있는 줄은 이번에 처음 알았습니다."

"못된 취향?"

"아, 이거 말입니다."

유춘이 아까부터 손에 들고 있던 보고서를 살랑살랑 흔들며 다시 이세신을 향해 은근한 시선을 던졌다.

"그게 뭔데 그러나?"

"화웅방 쪽 동향 보고서입니다."

이세신의 얼굴은 한층 더 묘하게 변할 수밖에 없었다. 화웅방의 동향을 보면서 뜬금없이 못된 취향이라니? 도대체 뭘 말하려는 건지 알 수가 없었다.

결국 유춘이 자신의 말을 부연했다.

"이렇게 사람을 잘 괴롭힐 줄은 몰랐단 말입니다."

그제야 이세신은 무슨 말인지 알겠다는 듯 허탈한 표정을 지으며 유춘을 노려보았다. 그러고는 이내 시큰둥한 목소리로 대답했다.

"그거야 가주님, 아니, 련주님이 원하신 거니 그렇게 한 것뿐일세."

"흐흐, 그래도 어지간해서는 이 정도까지는 못 괴롭히지요. 취향에 맞아야 가능한 일이라는 겁니다."

"아, 이 사람이 정말!"

그때였다. 두 사람의 집무실 밖에서 익숙한 목소리가 들렸다.

"들어가도 되겠나?"

담기령의 목소리. 이세신이 재빨리 몸을 일으키고, 유춘이 얼른 문을 열며 담기령을 맞이했다.

"오셨습니까?"

"일은 잘되고 있나?"

방으로 들어서자마자 던지는 물음에 이세신이 고개를 끄덕이며 말했다.

"물론입니다. 지금은 지난번 처주무련 때와는 다르지 않습니까? 별 탈 없이 다 잘될 겁니다."

이세신은 대답을 끝낸 동시에 다시 손에 들린 보고서를 신중하게 읽어 내려갔다. 이세신의 이런 모습을 이미 여러 번 보아 온 담기령인지라 그에 대해서는 별다른 신경을 쓰지 않고 이야기를 이었다.

"그래, 화웅방은 지금 어떻게 하고 있나?"

그 물음에 대한 답은 유춘의 입에서 나왔다.

"으흐흐, 이 학사님의 고약한 취향대로 아주 잘 진행되고 있습니다."

"고약한 취향?"

담기령이 이해를 못하겠다는 듯 되물었다. 유춘이 설명하기도 힘들다는 듯 손에 들린 보고서를 내밀며 말했다.

"저는 사람을 괴롭히는 데 이런 방법도 있으리라고는 꿈에도 생각 못했습니다."

"그거야 애초에 계획을 세워 놓은 게 아닌가? 유 탁사, 자네도 꼼꼼하게 파악을 했을 것이고."

"그렇기는 합니다만, 실제로 보고를 읽으니 새삼스레 그런 느낌이 들더란 말이죠. 이 정도면 화웅방의 남 방주는 정말 죽고 싶은 기분일 겁니다."

그때, 눈으로 보고서를 확인하던 이세신이 시선도 돌리지 않은 채 시큰둥하게 말했다.

"그 정도는 돼야 화웅방 정도 되는 덩치 큰 놈들을 잡을 수 있지 않겠나?"

그러자 유춘에게 건네받은 보고서를 읽은 담기령이 불쑥 끼어들었다.

"흐음, 이 학사에게 이런 게 취향에 맞는 줄은 생각지도 못했소."

"헉, 가주님!"

이세신이 기겁을 하며 외쳤지만, 담기령은 방금 전 유춘과 비슷한 표정을 지을 뿐이었다.

지금 세 사람이 나누는 이야기는, 바로 절강무련의 결성에 관한 것들이었다.

이번 절강무련의 결성은 삼 년 전 처주무련 결성 때와는 많은 것이 달랐다. 그중에서도 가장 차이가 나는 부분은 준비 기간이었다.

처주무련의 결성은 조금은 갑작스럽게 시작한 일이었지만, 이번 절강무련의 결성은 근 삼 년 동안 차곡차곡 준비를 하고 시작한 일이었다.

삼 년 전에는 상상도 못했을 규모의 자금이 준비된 것은 물론, 담씨세가와 처주무련의 전력 또한 삼 년 사이에 아주 강력해진 터였다. 게다가 오왕부에 구씨세가까지 함께 준비를 해 주었으니 무련(武聯)을 결성한다는 사실 외에는 거의 모든 부분이 달랐다.

그중 가장 공을 들여 준비한 것이 절강무련 결성에 반대하는 방파를 굴복시키는 부분이었다.

왜구들로 인해 위태롭게 살아온 방파들은 대부분 동조를 할 거라 예상을 했기에, 준비할 것은 거기에 반대할 방파들의 반응에 대한 대응밖에 없었다.

그리고 실제로 절강무림대회를 열어 보니 태주부의 호단방을 제외한 세 개 방파가 일제히 자리를 박차고 일어났다.

그 후 처주무련이 한 것이라고는 미리 세워 두었던 계획을 실천하는 것뿐이었다.

정색을 하며 자신을 바라보는 이세신의 모습에 담기령이 피식 웃으며 고개를 끄덕였다.

"농담이오."

"으흠, 흠!"

담기령의 대답에 이세신이 괜히 헛기침을 하며 다시 손에 들린 보고서로 시선을 돌렸다. 그러는 사이, 담기령은 유춘과 이야기를 이었다.

"전당강 하구의 절왜관은 언제쯤 공사를 시작할 예정인가?"

"열흘 정도 지나서야 시작할 수 있다고 합니다."

"생각보다 오래 걸리는군."

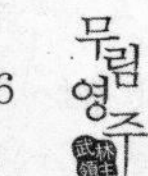

"아무래도 그쪽에는 위치가 위치다 보니……."

항주는 절강성의 성도(省都)였고, 전당강 물길은 대운하로 이어져 북경까지 닿을 수 있는 물길이었다. 당연히 그 하구에는 군의 위소가 자리 잡고 있었다. 즉, 절왜관을 세울 장소가 위소가 있는 곳이기에 조정이 필요했던 것이다.

물론 오왕부와 승선포정사사에서 힘을 써 주고 있는 덕분에 별 탈 없이 진행할 수는 있었지만, 아무래도 시간이 걸리는 것은 어쩔 수 없었다.

"어쩔 수 없지. 그래도 이 정도로 수월하게 진행이 되니 다행이라고 해야겠군."

"어?"

두 사람을 모르는 척 보고서만 열심히 살피던 이세신이 갑자기 실성을 터트렸다.

"왜 그러시오?"

고개를 갸웃거리며 묻는 담기령을 향해 이세신이 손에 들고 있던 보고서를 불쑥 내밀며 말했다.

"태주부 염운회에서 보내온 것입니다."

염운회는 이번 절강무련에 합류하기로 한 세력으로, 태주부 영해현의 염상들의 모임으로 시작해 차츰 무림 세력으로 자리 잡아 온 방파였다.

"이게 무슨 말이오?"

담기령 또한 고개를 갸웃거릴 수밖에 없었다. 보고서의 내용은 사실 따지고 보면 별것 없는 내용이었다.

절강무련의 결성을 제안한 후, 함께하기로 한 방파들에게 담기령은 한 가지 부탁을 했다. 지금까지 왜구들을 상대하면서 모은 정보들을 모두 보여 달라는 내용의 부탁이었다.

삼 년 전, 용산방을 이용해 중원 전역에서 유황을 밀거래한 모종의 집단을 추적하기 위함이었다. 그 집단은 왜구들과 모종의 관계를 갖고 유지하며 일을 꾸미고 있었으니, 왜구들을 통해 그 집단을 쫓기 위해서였다.

지금 담기령이 들고 있는 보고서가 바로 그중 하나였다.

문제는 그 속의 내용이었다.

반년 전에 영해현을 침탈했던 왜구들 중 무사 한 놈을 사로잡았는데, 당시 사로잡힌 왜구 무사는 바로 자결을 해 버렸지만 놈이 품고 있던 한 통의 서신을 입수했다는 것이다.

그런데 그것이 왜구들의 문자가 아닌, 중원의 한자로 쓰인 일종의 명령이었다. 문제는 고개를 갸우뚱하게 하는 그 내용.

도주(島主)께서 귀향(歸鄕)하시니, 길을 닦고 맞이할 준비를 하라.

중원의 한자로 쓰인 점이나 의미를 파악하기 힘들게 만들어 써 놓은 점 등으로 보아 뭔가 중요한 내용인 것이 분명했다. 하지만 도통 그 의미를 알 수가 없었다.

담기령이 고개를 갸웃거렸다.

"도주?"

섬의 주인이라니. 언뜻 보아서는 그냥 왜구들의 우두머리를 지칭하는 말인 듯했지만, 단순히 그렇게만 생각하기에는 한자로 쓰인 점이 이상했다.

아무리 생각해도 절대 단순할 것 같지 않은 내용.

담기령이 이세신과 유춘을 향해 말했다.

"다른 보고서들도 찾아서 이와 비슷한 것이 없는지 확인해 보시오."

"예, 그렇지 않아도 훑어보던 중입니다. 가주님께서는?"

"이른 감이 있기는 하지만 한 번 더 모여서 이야기를 해봐야 될 것 같소."

말을 끝내고 서둘러 방을 나서는 담기령의 얼굴에 정체를 알 수 없는 불안감이 떠올랐다.

4장
단서

"항주부 쪽에 벌써 절왜관 건설을 위한 자재들이 쌓이고 있다고 합니다."

"해안 쪽에는 벌써 순시선이 돌아요."

"그거 정말 잘됐습니다."

"우리도 순시는 물론 함께 움직이기 위해 인원을 편성하고 있습니다. 듣자하니 따로 받아야 될 훈련도 있다고 하더군요. 제자들을 잠을 안 재우는 한이 있어도 가장 빨리 훈련을 마치게 하려고 생각 중입니다."

"허허, 의욕이 너무 과하신 거 아닙니까?"

"과하다니요? 저는 지금 당장이라도 그 필요하다는 훈

련을 시작했으면 좋겠습니다. 왜구 놈들을 안 볼 수만 있다면 무슨 일이든 못하겠습니까?"

"하하하, 그 말에는 백번 공감합니다."

항주부에 정식으로 절강무련 총타를 세울 때까지 임시 총타로 쓰기로 한 처주부도의 담평장에는 밝은 분위기가 가득했다.

처주무련은 절강무련 결성을 위해 만반의 준비를 갖춰 놓았고, 논의가 진행되는 동시에 실제로 눈에 보이는 행동을 시작했다.

처주무련의 이름은 중원무림보다는 왜구들 사이에서 더욱 잘 알려진 이름이었다. 삼 년 전, 복귀도 토벌로 인한 이름값이었다. 그러한 명성을 가진 덕분에 처주무련에서 순시선을 띄운 것만으로도 절강성 동쪽의 해안 쪽은 눈에 띄게 안정을 찾을 수 있었다.

절강무련에 함께하기로 한 이들의 표정이 밝을 수밖에 없는 이유였다.

하지만 단 한 명, 맨 끝자리에 앉아 어색한 표정으로 팔짱을 낀 채 지그시 눈을 감고 있는 사람이 있었다. 태주부 호단방 방주인 양방청이었다.

호단방은 왜구들과 무관한 방파들 중 유일하게 절강무련에 합류한 방파였다. 상황이 그렇다 보니 지금 함께 앉은

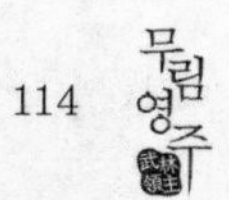

이들의 대화가 쉬이 공감이 되지 않았다.

하지만 그보다는 지금 이 자리에는 같은 태주부의 염운회, 고천방, 재강문도 함께 있다는 사실이 더 큰 이유였다. 그 세 방파의 주인들과의 관계가 좋지 않은 탓이었다. 그 중에서도 특히 호단방이 있는 황암현과 접경해 있는 애완현의 재강문 문주 홍강과는 단 한 번도 서로 웃는 낯으로 만난 적이 없었다.

그런데 그 세 방파는 물론, 그들과 비슷한 다른 방파들까지 가득한 곳에 있으니 괜히 겉돌 수밖에 없던 것이다.

물론 그렇다고 이제 와서 그가 특별히 잘못을 뉘우친다거나 하는 것은 아니었다. 아니, 그것이 잘못인지 아닌지 하는 문제를 고민한 적도 없었다.

선대 때부터 해 온 일이었고, 서로의 위치상 당연한 일이니 옳고 그른 것을 따질 필요성을 느껴 본 적이 없던 것이다. 그리고 지금도 딱히 그 일이 잘못되었다고 생각하지는 않았다.

그가 절강무련에 합류한 이유는 어디까지나 큰 흐름을 타기 위해서였다. 그날 돌아갔던 다른 이들과 달리, 양방청은 담기령과 처주무련에 대해서 꽤 높게 평가하는 편이었다. 그렇기에 스스로를 지키기 위해서는 절강무련이라는 커다란 배에 옮겨 타야 한다고 판단한 것뿐이었다.

그러니 지금 상황은 굳이 양방청이 소외되었다고 보기는 애매한 감이 있었다. 오히려 양방청 스스로가 딱히 이들과 즐겁게 이야기를 할 필요를 느끼지 못했다.

하지만 사람의 심리라는 건 그렇게 단순한 것이 아니었다. 스스로 필요를 느끼지 못해 따로 떨어져 있다고는 해도, 그것과는 별개로 없는 사람 취급을 당하는 것이 기분 좋을 리는 없었다.

일부러 자신이 알지 못하는 이야기만 늘어놓아 소외시키는 것 같은 느낌이 들어 괜히 부아가 치밀었다. 더군다나 이야기를 주도하는 이가 재강문 문주 홍강이었다. 괜히 자신에게 앙심을 품고 저러는 게 분명하다고 생각한 것이었다.

'흥, 어차피 나중에 우리에게 도움 받을 놈들이…….'

어쨌든 저들은 이런저런 어려움이 많았고, 호단방은 재력이나 인력에 꽤 여유가 있었다. 그러니 결국 자신들에게 도움을 받을 이들이었다.

'두고 보자.'

양방청이 속으로 괜한 앙심을 품으며 화기애애한 분위기의 사람들을 하나하나 살펴보고 있을 때, 문이 열리며 담기령이 안으로 들어왔다.

지난번에 처주무련의 다른 방파와 함께 온 것과 달리,

이번에는 담씨세가의 두 책사만을 대동한 채였다.

“얼마 지나지는 않았습니다만, 다들 별고 없는지요?”

이번에도 가장 먼저 대답한 이는 아까부터 활발하게 대화를 주도했던 홍강이었다.

“절강무련에서 그 정도로 적극적으로 움직여 주는데 별고 있으면 오히려 더 이상한 일 아닙니까?”

“그렇게 생각해 주신다면 감사한 일이지요.”

“그런데 오늘은 무슨 일로 이리 모이라 하신 겁니까?”

홍강의 물음에 누군가 불쑥 끼어들었다.

“홍 문주는 뭐 그런 당연한 이야기를 물으시오?”

멀찍이 떨어져 앉아 있던 양방청이었다.

자신의 말을 끊은 이가 양방청이라는 것을 확인한 홍강의 얼굴에 불쾌한 기운이 스쳤다. 하지만 괜히 분위기를 망쳐서는 안 되겠다는 생각에 애써 호흡을 다스리며 물었다.

“당연한 이야기라니요?”

“절강무련 같은 거대한 집단이 생겼으니 가장 먼저 필요한 게 뭐겠소? 바로 자금 아니오? 어허, 뭐 만날 싸우기나 했지 제대로 운영을 해 본 적이 없으니 알 리가 있나? 그렇지 않소이까, 담 련주?”

양방청이 홍강을 향해 혀를 한 번 차고는 담기령을 향해 은근한 눈빛을 보냈다.

하지만 담기령은 고개를 저었다.

"틀린 말씀은 아닙니다만, 오늘은 그 이야기를 하려고 여러분을 모신 것이 아닙니다."

순간, 취의청 여기저기서 키드득거리는 소리가 터져 나왔다. 자신 있게 나서서 말을 했는데 단번에 아니라고 하니, 양방청의 얼굴이 붉으락푸르락 달아올랐다.

그런 양방청의 모습이 안쓰러웠는지 담기령이 말을 덧붙였다.

"조만간 양 방주께서 말씀하신 자금 문제도 논의를 해야 하는 건 분명합니다. 하지만 지금은 다른 이야기를 먼저 꺼내야 할 것 같습니다."

"흠흠, 그럼 말씀하시오."

헛기침을 하며 고개를 돌리는 양방청의 모습에 담기령이 저도 모르게 고소를 머금었다.

'이 일은 시간이 해결해 주겠지.'

절강무련 안에서 양방청의 위치가 아주 애매하다는 것은 그 역시 알고 있는 바. 하지만 그런 관계는 억지로 변하지 않는 법이었다. 그저 느긋하게 기다리는 것이 가장 좋았다.

"그럼 말씀을 드리겠습니다. 사실 여러분을 이곳까지 모신 것은 왜구들 때문입니다."

"왜구들?"

"음, 그전에 먼저 들려드릴 이야기가 있습니다. 모두들 용산방에 대해서는 아시리라 생각합니다."

취의청 안의 모든 이들이 하나같이 고개를 끄덕였다. 관군까지 동원해 용산방을 몰락시킨 그 일은, 절강성 내에서 꽤 오랫동안 회자되었던 이야기였다.

"그 용산방에서부터 시작된 이야기입니다. 잘 들어 보시고 곰곰이 생각을 해 주시기 바랍니다."

"허허, 생각을 하는 것쯤이야 힘들겠습니까? 말씀만 하십시오."

홍강의 말에 담기령은 차근차근 용산방의 일에 대해 풀어놓았다.

용산방이 유황의 밀거래를 주도하다시피 했다는 점과 그로 인해 알게 된 용산방과 해적들 사이의 관계에 대해서. 그리고 용산방이 중원의 전 지역을 대상으로 밀거래를 주도할 수 있도록 도와준 정체 모를 거대 집단에 대한 것까지.

담기령의 설명이 끝난 후, 취의청 안에는 잠시 정적이 흘렀다. 용산방과 관련된 큰일이 있었다는 것은 그들 역시 어느 정도는 짐작하던 터였다. 한 지역에 오랜 세월 자리 잡고 있던 방파가 하루아침에 사라진 일이었다. 게다가 관군까지 동원되었으니 그 정도는 능히 짐작이 가능했다.

하지만 지금 들은 이야기는 그들의 예상을 훨씬 상회하는 규모였다. 당연히 숨이 턱 막힐 수밖에.

몇몇은 상상도 못한 거대한 일에 끼어든 셈이 되었다는 생각에 쓰린 표정을 짓기도 했다.

사람들의 반응을 천천히 살핀 담기령이 선언하듯 말했다.

"일단 이 자리에서 한 가지는 분명히 하겠습니다. 지금 말씀드린 일은 처주무련에서 진행해 온 일입니다. 그러니 그 일에 절강무련 전체를 끌고 갈 생각은 없습니다. 원치 않으신다면 그 일에는 일절 관여하지 않아도 됩니다. 이 일에서 빠진다고 해도 아무런 불이익도 없을 것입니다. 이것은 절강무련의 련주로서 여러분께 드리는 맹세입니다."

하지만 취의청에 모인 이들의 생각은 달랐다.

"처주무련에서 시작한 일이라 해도 이제 절강무련의 일이 된 셈입니다. 련주께서 허락하셨으니 우리가 빠지는 것은 가능하겠지요. 하지만 방금 전 설명에 나온 그 비밀스러운 집단도 그리 생각할지는 의문입니다."

그들로서는 당연한 걱정이었다. 하지만 한편으로는 꽤 염치가 없는 말이기도 하다. 그리고 담기령은 그런 부분에 대해서는 아주 냉정했다.

"그런 부분이 걱정된다면 지금이라도 절강무련에서 빠지면 됩니다."

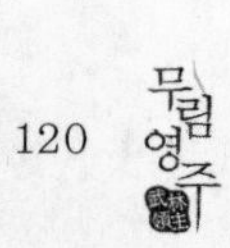

다시 한 번 정적이 흘렀다. 담기령이 이렇게까지 단호하게 나올 줄은 생각지 못한 탓이었다.

"아, 아니, 그건 좀 너무한 처사가……."

염운회주 구무창이 억울한 표정으로 뭐라 말을 하려는 찰나였다.

"구 회주님이야말로 너무하십니다!"

"너무 염치없는 꼴을 보니 내가 다 민망할 지경이군!"

두 사람이 동시에 구무창을 향해 외친 소리. 한 사람은 비꼬는 말이고, 또 한 사람은 질책 가득한 외침이었다.

"음?"

"허, 거참!"

동시에 그리 외치고 서로 얼굴을 확인한 후에 인상을 쓰며 고개를 돌리는 두 사람은 홍강과 양방청이었다. 절대 친하다고 할 수 없는 두 사람이 한 사람을 향해 똑같이 나무랐으니 괜히 민망했던 것이다. 물론, 그 나무란 방식은 전혀 달랐지만.

"지, 지금 뭐라 하셨소? 너무하다니! 우리를 도와줄 것처럼 꾀어 놓고, 알고 보니 더 큰 위험에 빠트린 것이 아니오? 그런데 내 말이 너무하다니!"

구무창이 항변하듯 말했지만, 홍강의 생각은 전혀 달랐다.

"애초에 그 정도 위험도 없을 거라 생각하신 게 더 이상하다 생각지 않으십니까? 게다가 방금 담 련주의 말을 제대로 듣지 못하신 모양이군요."

"제대로 듣지 못했다니?"

"그들이 왜구들과 깊은 관계가 있다고 하지 않았습니까? 우리는 어차피 오랜 세월 왜구 놈들과 싸워 왔습니다. 그런데 이제 와서 왜구와 싸워야 된다는 말에 너무한다고 하시니, 이해가 되지 않는군요."

그때, 양방청이 불쑥 끼어들었다.

"그래도 꽤 기백이 있는 사람이 하나 정도는 있군."

말투는 여전히 비꼬는 듯하지만, 그래도 아까보다는 훨씬 누그러진 표정이었다. 홍강은 이해할 수 없다는 표정으로 양방청을 일견한 후, 다시 구무창을 향해 말했다.

"그 정도로 거대한 세력이 암약하고 있다면 어차피 나중에는 우리 역시 영향을 받을 수밖에 없습니다. 오히려 절강무련이라는 이름으로 힘을 키우는 것이 나중을 위해서도 훨씬 더 득이 될 것입니다."

충분히 일리가 있는 말이었다. 하지만 구무창은 이미 속이 꼬일 대로 꼬인 상태였다.

"홍 문주가 언제부터 그렇게 절강성, 아니, 중원 전체의 안위를 걱정했는지 모르겠소. 아, 그게 아닌가? 이렇게 열렬하게 담 련주를 지지하면 나중에 뭐라도 하나 더 건져

가는 게 있지 않을까 싶어 꼬리를 흔드는 건가?"

"말씀이 지나치십니다!"

"뭐, 내가 틀린 말을 한 건 아닌 듯한데?"

그때, 다시 양방청이 불쑥 끼어들었다.

"참, 못나도 한참 못난 인간이군."

이번에도 역시 구무창을 향해 한 말. 구무창이 시뻘게진 얼굴로 양방청을 향해 삿대질을 하며 말했다.

"뭐, 뭣이! 지금껏 우리의 고혈을 빨아먹은 네놈이 나에게 그런 말을 할 자격이 있단 말이냐! 네놈이 왜구 놈들과 칼이라도 한 번 섞어 봤더냐! 여기 있는 다른 사람은 몰라도, 적어도 너만큼은 나를 욕할 자격이 없다!"

하지만 양방청 역시 이미 작정을 한 듯 한층 짙은 미소를 지으며 말했다.

"자격? 자격이라…… 그 자격이라는 거, 지금 만들어도 불만 없겠지?"

"네놈이 무슨 수로 그런 자격을 입에 담느냐!"

구무창이 악을 쓰듯 외쳤다. 하지만 양방청은 어느새 시선을 담기령에게로 돌리고 있었다.

"담 련주."

"말씀하시지요."

"절강무련의 결성을 축하할 겸해서 그 일에 자금을 지원하겠소. 무인들 역시 지원을 하고 싶지만 당장은 힘들 듯하니 우선은 돈부터 지원하지.”

양방청의 말에 담기령은 애매한 표정으로 취의청에 모인 이들을 살펴보았다.

분위기가 묘했다.

어느 정도 불안해할 거라는 예상은 했지만 이 정도로 겁을 집어먹을 줄은 생각지 못했다. 그동안 왜구들에게 너무 많은 피해를 입은 탓일 수도 있고, 워낙 힘겹게 살아온 탓일 수도 있었다.

게다가 오늘의 이 자리는 그 일에 대해서 논의하기 위해 만든 자리가 아니었다. 그 일은 알려 주는 정도에서 마무리할 생각이었다. 진짜 그가 원한 것은 그동안 왜구들을 상대하며 그들이 모아 놓았던 자료에 대한 것이었다.

그런데 지금과 같은 흐름이 만들어진 것이다. 게다가 또 한 가지 예상치 못한 일이 벌어졌다. 불이익을 당하지 않기 위해서 합류한 정도로만 생각했던 양방청이 이렇게 적극적으로 돕겠다고 나설 줄은 몰랐던 것이다. 더군다나 담기령을 비난하는 자를 나무라면서까지.

‘흠, 일단은 좀 더 두고 봐야겠는데?’

담기령이 잠시 생각에 잠겨 있는 사이, 구무창이 양방청을 향해 버럭 소리를 질렀다.

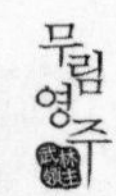

"그 돈은 지금까지 우리들에게 폭리를 취하며 벌어들인 돈이지 않은가! 그런데 뻔뻔하게 호단방의 이름으로 자금을 내겠다고?"

물론 쉬이 물러설 양방청이 아니었다.

"어디 뻔뻔하게 우리라는 말로 은근슬쩍 끼어들려고 드시나? 그 돈은 염운회와는 아무 관계가 없지 않은가. 굳이 관계가 있다면 재강문은 관계가 있겠지. 뭐, 잘됐군."

길게 대답을 하던 양방청이 갑자기 생각이 났다는 듯 피식 웃으며 말을 끊더니, 홍강을 힐끗 본 후 말을 이었다.

"담 련주, 그 돈은 우리 호단방과 재강문의 이름으로 내놓겠소이다."

모두들 어안이 벙벙했다. 양방청이 갑자기 미쳐 버린 건 아닌가 싶을 정도로 놀라운 일이었다. 그중에서도 가장 당혹스러운 사람은 직접 이름이 거론된 재강문 문주 홍강이었다. 이 인간이 갑자기 왜 이러는지 도통 갈피를 잡을 수가 없었다.

그러거나 말거나 양방청을 쉼 없이 말을 이었다.

"적어도 한 번 하기로 했으면 끝까지 함께하는 게 당신들이 말하는 의리라는 거 아닌가? 내가 대세를 따르기 위해 절강무련에 합류하기는 했지만, 어쨌든 한 발 걸쳤으니 내 몫은 하려고 생각했거든. 그런데 당신들은 뭐하는 거지?"

구무창의 입장에서는 기가 막히는 이야기였다.

"적반하장도 정도가 있지! 감히 호단방이 그딴 소리를 지껄인단 말인가!"

"큭, 웃기고 있군. 그렇다면 하나 묻지. 당신들이 지금 호단방의 자리에 있었다면, 그러니까 왜구들과 상관없는 지역에 자리를 잡았다면 우리처럼 재산을 불리지 않았을 거라고 확신할 수 있는가?"

"적어도 네놈들 같은 후안무치한 짓은 하지 않았을 것이다!"

"크흐흐, 그렇게 자신하지 마. 막상 그런 상황이 닥치면 우리보다 더했을 수도 있으니까."

"절대, 절대 그렇지 않았을 것이다!"

구무창이 악을 쓰며 소리를 질러 댔다. 담기령이 들어오기 전의 화기애애한 분위기는 더 이상 찾아볼 수 없을 지경이었다.

양방청이 더 이상 구무창을 상대할 가치를 느끼지 못한 듯, 담기령에게 시선을 돌렸다.

"담 련주."

"말씀하시지요."

"방금 전에 말했듯이 호단방이 절강무련에 들어온 이유는 대세에 따르기 위함이오. 내가 보기에 동조하는 세력이 단 한 군데도 없었다 해도 당신들은 절강무련을 만들었을 것이고, 그것을 통해 절강성 전체를 처주무련의 세력 안으로 끌어들였을 테니까.”

“맞습니다.”

“하지만 그렇다고 해서 이름만 올리는 짓을 할 생각은 없소. 이이 절강무련에 들어온 이상, 그에 따른 의무는 행해야 한다 생각하오.”

“그렇게 생각해 주신다면 절강무련이 커 나가는 데 큰 도움이 될 것입니다.”

담기령의 대답을 들은 양방청이 모인 이들을 향해 큰 소리로 말했다.

“자, 이제 각자 선택을 하는 게 좋지 않소?”

양방청의 말에 오히려 담기령이 잔뜩 긴장한 표정으로 좌중을 둘러보았다. 지난번 절강무림대회 때보다 지금이 더 진짜 동조자를 찾는 순간이 아닌가 하는 생각이 든 탓이었다.

양방청의 말이 끝나자마자 홍강이 입을 열었다.

“재강문은 끝까지 절강무련의 일원으로 존재할 것입니다. 지금 말한 문제들 또한 당연히 우리의 능력이 닿는 한 돕고 싶습니다. 하지만!”

잔뜩 힘을 주고 말하던 홍강이 갑자기 토를 달며 말을 끊었다. 그리고는 양방청을 가리키며 말했다.

"호단방에서 우리의 이름까지 걸고 자금을 내놓은 건 거부하겠소. 그따위 더러운 돈에 괜히 이름 얹고 싶지 않소!"

따지기에 따라서는 아주 기분 나쁜 거절이지만, 양방청은 그에 대해서는 날 선 반응을 보이지 않았다.

"그게 싫으면 그렇게 하시오."

"그딴 돈 없어도 우리 재강문은 충분히 제 몫을 다할 수 있으니, 앞으로도 그런 오지랖 넓은 짓은 사양하겠소."

"크흐흐, 이를 말이겠소. 나도 어차피 재강문을 위해서 한 말은 아니니 그런 걱정은 사양하지."

냉랭한 분위기인데도 이상하게 죽이 잘 맞는 두 사람이었다. 심각한 분위기인데도 담기령은 저도 모르게 피식 실소를 흘리고는 다른 이들의 반응을 살폈다.

정도의 차이는 있지만, 다들 고민에 잠긴 모습들. 하지만 그것도 그리 오래가지는 않았다.

"이제 겨우 왜구 놈들의 더러운 낯짝 좀 안 보나 싶은데, 그걸 포기할 수는 없지."

"돕는 건 어찌할 수 있을지 모르겠소만, 나도 절강무련에 이름을 올리고 싶소."

"우리는 가능하면 닿는 데까지는 힘을 보태고 싶습니다."

여기저기 다양한 결론을 내리며 절강무련에 다시 합류했

다. 그리고 가장 마지막으로 남은 이는 양방청과 설전을 벌인 구무창이었다.

모두의 시선이 구무창에게로 쏠렸다. 그런 시선에 부담을 느꼈는지, 구무창은 팔짱을 낀 채 두 눈을 질끈 감았다.

염운회는 태주부의 염상들이 자신들의 재산을 보호하기 위해 무인들을 모으다 어느새 하나로 뭉치게 된 세력이었다. 그러다 보니 그 어떤 방파들보다 이해득실에 대해서 민감한 편이었다.

아까 양방청과 나눈 이야기로 인해 심각하게 자존심이 상하기는 했지만, 지금 절강무련에서 빠진다는 것이 얼마나 큰 손해를 불러오는지는 구무창이 그 누구보다 잘 알고 있었다.

그러니 내릴 수 있는 결론은 하나였다.

"염운회 역시 절강무련의 일원으로 남고 싶소. 하지만 힘을 보태는 것은 우리가 할 수 있는 선까지만 하고 싶소이다."

"고마운 결정을 내려 주셔서 감사합니다."

정중하게 포권을 하며 인사를 한 담기령이 천천히 취의청에 모인 이들을 하나하나 살펴보았다.

결과적으로 바뀌는 것은 없었다. 모두들 절강무련에서 빠지기를 원치 않았다. 하지만 묘하게 내부적인 결속은 물론, 조금 더 유대감이 생긴 느낌이었다.

담기령은 피식 웃으며 저 멀리 앉아 있는 양방청에게 시선을 던졌다.

가장 삐딱한 모습을 보이던 그가 가장 적극적이고 헌신적인 자세를 취한 덕에 지금의 결과가 나온 것이었다.

어떤 생각의 변화 때문에 그런 행동을 했는지는 알 수 없었지만, 어쨌든 좋은 결과가 나온 참이었다.

담기령이 잠시 뜸을 들인 후, 드디어 오늘의 본론을 꺼냈다.

"사실 오늘 이렇게 모여 달라고 청을 넣은 진짜 이유는 다른 데 있습니다."

담기령의 말에 홍강이 급히 물었다.

"다른 데라니?"

"지난번 절강무림대회를 마친 후, 저는 여러분께 지금까지 왜구들을 상대하며 모은 정보들을 알려 주기를 원했습니다. 그리고 다들 정보를 보내왔습니다. 저희가 왜구들의 정보를 모은 이유는, 아까 말했던 그 은밀하고 거대한 세력 때문이었습니다. 어쨌든 그렇게 보내 주신 정보들을 검토하던 중, 묘하게 신경이 쓰이는 내용을 발견했습니다."

취의청에는 다시 긴장감이 맴돌았다. 지금까지 나온 이야기들을 취합해 보면, 저렇게 신경이 쓰이는 내용이라면

분명 그 은밀한 세력과 관련이 있는 정보일 가능성이 큰 탓이었다.

"도주(島主)께서 귀향(歸鄕)하시니, 길을 닦고 맞이할 준비를 하라."

담기령의 말에 갑자기 낯빛이 파랗게 변한 이가 있었다. 바로 염운회 회주 구무창이었다. 자신이 보낸 정보에 포함된 내용인 탓이었다.

만약 저 정보가 문제의 세력과 연관이 있는 것이라면, 방금 전 자신의 선택은 그야말로 탁월하다고밖에 할 수 없는 것이었다. 만약 자신이 절강무련에 남지 않겠다고 했다면, 그 세력이 모습을 드러냈을 때 가장 먼저 공격을 받았을 수도 있기 때문이었다.

뒤이어 담기령의 설명이 이어졌다.

"염운회에서 한 왜구 무사에게 입수한 서신의 내용입니다. 그것도 한자로 쓰인 서신이었습니다."

취의청 안에 갑자기 웅성거리는 소리가 울렸다.

"그러고 보니 나도 왜구 놈들이 한자로 된 서책을 가지고 있는 걸 봤는데?"

"저번에 도주가 어쩌고저쩌고 하는 이야기를 들었는데?"

"왜구에 합류한 중원 사람도 많으니 어찌 보면 당연한 이야기 아닌가?"

"그렇게만 보기에는 아까 그 '귀향' 이라는 말이 좀 느낌이 안 좋은데?"

저마다 한마디씩 하는데, 다들 똑같지는 않아도 뭔가 비슷한 경우가 있던 것 같은 분위기였다.

담기령이 가볍게 양손을 들어 올려 소란스러운 장내를 진정시켰다. 그리고 조금은 긴장한 목소리로 말했다.

"따로 방을 준비해 놓겠습니다. 한 분씩 저에게 이야기를 해 주십시오. 그리고 저와 이야기를 하기 전에는 절대 서로의 정보를 나누어서는 안 됩니다."

비슷한 상황을 겪은 적이 있다면, 다른 사람의 이야기를 들으면서 기억이 왜곡될 우려가 있었다. 조금이라도 세세하고 정확한 정보를 만들기 위해서는 삼가야 할 일이었다.

"그럼 각자 따로 정보를 정리해 주시고, 혹시 기록해 놓지 않은 일들은 좀 더 세세하게 기억할 수 있도록 고민을 해 주십시오. 이야기는 한 시진 후부터 하도록 하지요."

5장
위험한 물건

십여 척의 배가 흉물스러운 모양으로 물 위에 떠 있었다. 돛대가 부러지고, 선수나 선미가 쪼개진 것은 물론, 절반 이상이 반쯤 가라앉은 채 수면을 부유하고 있었다.

단순히 배들만 흉한 모양이 아니었다. 십여 척의 배를 중심으로 그 일대가 처참하기 짝이 없었다.

강물이 쉴 새 없이 흐르고 있음에도 아직 다 씻겨 내려가지 않은 붉은 물결. 수면에 둥둥 떠 있는, 수없이 많은 시체들과 얼마 전까지만 해도 사람의 몸뚱이의 일부분이었을 덩어리들이 수면을 가득 메우고 있었다.

그 사이로 작은 배들이 바쁘게 움직이며 시체들을 건져

내고 있었다.

뭍에서도 바쁜 움직임이 보였다.

결박당한 채 줄줄이 엮여 어디론가 끌려가는 이들과 매서운 눈초리로 포박당한 이들을 노려보는 이들.

그리고 야트막한 언덕 위에 가부좌를 틀고 앉아 수심이 가득한 눈으로 그 광경을 살피는 사내는 서하단 단주 백무결이었다.

언덕 아래로 보이는, 포박당한 채 끌려가는 이들은 이곳 등주 일대에서 패악을 부리던 수적들이었다. 그리고 포박당한 수적들을 끌고 가는 이는 당연히 서하단의 단원들.

서하단은 매번 흑도 무리들을 제압하고, 그들 중 생존자들은 포박해 관에 넘기는 것으로 일을 마무리하곤 했다. 지금도 그 마무리를 하는 중이었다.

"후우!"

백무결은 긴 한숨을 내쉬며 인상을 찡그렸다. 이번 전투로 잃은 동료가 거의 일흔 명에 육박한 탓이었다.

'내가 너무 규모를 늘리는 데만 집착한 것인가?'

문득 그런 생각이 들었다. 그도 그럴 것이, 최근 두 번의 전투로 너무 많은 동료를 잃었다. 생각 없이 규모를 늘린 탓에 평균적인 수준이 떨어져 많은 피해가 생긴 게 아닌가 싶은 것이다.

하지만 백무결은 이내 고개를 내저었다. 아무리 냉정하게 생각해도 그렇지 않았다. 오히려 단원들의 전체적인 무공 수준은 그 어떤 때보다 높은 편이었다. 그런데도 지금까지보다 훨씬 많은 동료를 잃었다.

그렇다면 결론은 하나밖에 없었다. 사실은 처음부터 생각하고 있던 또 하나의 원인. 최근 두 번의 전투에서 맞이한 적들이 지금까지보다 훨씬 강했다는 뜻이었다.

'역시 이상한데…….'

지난번에 싸운 상대는 다름 아닌, 독산에 자리하고 있던 산적들이었다. 도저히 산적으로 보이지 않는 체계적인 전투 방식 때문에 서하단은 이기기는 했지만 꽤 많은 피해를 입어야 했다.

그런데 오늘 상대한 수적들 역시 마찬가지였다. 선상 전투의 경험이 아주 많은, 서하단의 초기 단원들을 중심으로 움직였음에도 피해는 오히려 훨씬 더 커진 것이었다.

그리고 그 원인은 지난번 독산의 산적들을 상대했을 때와 마찬가지 이유였다. 단순한 수적들이 아니었다. 거의 나라의 수군에 비견될 정도로 강력하고 체계적인 집단이었다.

육지와 수상, 두 곳에서 군에 맞먹을 정도로 강한 집단을 만났으니 이상하게 생각하지 않으면 그게 오히려 이상한 일이었다.

'역시 무림맹에 한 번 다녀와야 하나?'

그때, 누군가 언덕 아래에서 이쪽으로 다급하게 달려왔다.

"큰일 났네!"

두 손으로 뭔가를 감싸듯 쥐고 있는 하세견이었다. 그 모습이 여간 심각한 게 아닌 탓에 백무결이 벌떡 일어서며 급히 물었다.

"왜 그러나?"

"이걸 좀 봐!"

불쑥 내민 하세견의 두 손은 무언가를 감싸듯 조심스레 받쳐 쥐고 있었다. 그리고 그렇게 포개진 두 손에는 어른 주먹만 한 크기의 거무튀튀한 공 같은 것이 놓여 있었다.

"이게 뭔가?"

하지만 백무결은 이해할 수 없는 얼굴로 고개를 갸웃거렸다. 그로서는 처음 보는 물건이니 당연한 반응.

하세견이 답답한 표정을 짓더니, 급히 주변을 살핀 후 한껏 목소리를 낮춰 말했다.

"화탄일세."

"헙!"

백무결이 그답지 않게 황급히 제 입을 막으며 주변을 살

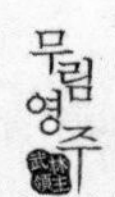

폈다. 들어 보기는 했지만 한 번도 본 적이 없는 물건이었다. 하지만 어디에 쓰이는지, 어느 정도 위력을 내는지 정도만 알고 있을 뿐이었다.

"화탄이라니? 화약 말인가? 그게 어디서 난 건가?"

하세견이 손에 들고 있던 물건을 다른 사람이 보지 못하도록 재빨리 품 안에 밀어 넣은 후 말했다.

"저기, 수적들의 배에서 찾은 물건일세. 커다란 상자 하나에 가득해. 일단은 아무도 가까이 가지 못하도록 지키라고 말을 해 놓았네만……."

"그, 그게 말이 되나?"

화약에 대해서는 거의 문외한이었지만, 적어도 그게 수적들 사이에서 발견 될 물건이 아니라는 정도는 알고 있었다.

"말이 안 되니 큰일 났다는 거 아닌가."

"그, 그렇지."

너무 놀란 탓인지, 평소 영민하게 돌아가던 백무결의 머리가 순간 굳어진 듯 멍청한 소리를 뱉어 냈다.

그런데 하세견 또한 너무 충격이 컸던 탓인지 조금은 멍한 반응을 보였다.

"다행히 화포는 보이지 않았네만……."

"화약이 발견된 이상, 당장 화포가 있고 없고는 더 이상 문제가 아니지 않은가."

"그, 그렇기는 하지. 아무튼 이걸 어찌해야 되겠는가?"

하세견이 놀란 가슴이 진정이 되지 않는 듯 답이 나오지 않는 질문을 던졌다. 그때, 백무결이 갑자기 고개를 갸웃거렸다.

"어?"

"왜? 왜 그래?"

"뭔가 이상하지 않나?"

"이상하다니?"

"지난번 독산에 있던 산적들 말이야. 그리고 이번 수적 패거리 놈들도 그렇고."

그제야 하세견도 아차 하는 얼굴로 한층 더 목소리를 낮춰 말했다.

"그러고 보니 확실히……."

"그래. 이건 평범한 산적이나 수적들의 모습이 아닐세. 꼭 잘 훈련된 군을 보는 것 같단 말이지."

"독산에서나 여기서나…… 확실히 흔히 볼 수 있는 놈들은 아니었지."

"혹시 여기 수적들과 독산의 산적들이 모두 한패일 가능성은 없겠나?"

하세견이 고민스러운 얼굴로 미간에 짙은 주름을 접었다.

군의 방식으로 훈련된 산적과 수적이 인근에 자리를 잡는 다는 것은 우연히 일어나기 힘든 일이었다. 차라리 그 둘이 한패라고 보는 쪽이 훨씬 더 그럴싸했다.

"출몰한 시기도 비슷하고……. 이렇게 잡혔다고 일제히 자결을 시도하는 것도 똑같군."

"아, 그러고 보니 산적 놈들을 관에 넘기려고 끌고 갈 때 그중 한 놈이 했던 말 기억하나?"

"물론일세. 워낙 뜬금없는 말인데다 다른 산적 놈들의 반응도 이상했으니까."

"그러니까 말이야."

지금 수적들을 관에 넘기기 위해 포박하고 엮은 것처럼, 독산의 산적들도 살아남은 놈들은 모두 그렇게 처리를 했다. 그런데 그때, 산적들 중 한 놈이 악에 받친 목소리로 뜬금없는 소리를 했다.

"우리 도주(島主)께서 네놈들을 가만히 둘 줄 아느냐?"

그런데 그 외침보다 더 이상한 것이 주변에 있던 산적들의 반응이었다. 귀신이라도 본 것처럼 하나같이 얼굴이 새하얗게 변하더니, 이내 그렇게 외친 산적을 죽일 듯이 노려본 것이었다.

"그때, 산적 놈들이 뭔가 대단한 비밀이라도 들킨 것 같은 표정을 지었지."

"물론 아주 찰나의 순간에 보인 반응이었고, 그 직후에는 자기들도 이상하다는 듯이 딴청을 부리기는 했지만 말이야."

"하지만 그 짧은 순간 보인 그 반응이 진짜였던 건 나나 자네나 알고 있는 사실이고……."

"산적과 수적을 한패로 보는 쪽이 더 현실성이 있는 이야기라는 걸 전제로 하면?"

"그렇다면 그 도주라는 자가 그 산적들은 물론, 여기 수적 놈들의 배후일 수도 있다는 말이군."

두 사람은 주거니 받거니 하며 자신들이 겪은 기묘한 상황을 조금씩 짜 맞추었다.

"산적 놈들의 쇠뇌와 이 화약까지 생각한다면……."

쇠뇌와 마찬가지로 화약 역시 전쟁 물자였다. 그것도 쇠뇌보다 훨씬 더 엄격하게 관리하는 물품이었다. 제조법 또한 민간에는 알려지지 않은 극비의 물건. 그런데 그런 물건이 수적들 사이에서 발견되었으니 수적과 산적이 한패라는 의심에 한층 더 신빙성을 더해 주었다.

그리고 또 한 가지.

"이런 놈들이 여기에만 있을 리가 없는데?"

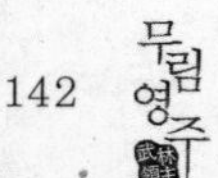

"음……."

생각지도 못한 어마어마한 위험이 도사리고 있다는 의미였다. 그리고 만약 '도주'라 칭한 인물이 실존한다면, 어마어마한 전력을 보유한 인물이라는 뜻.

백무결이 화들짝 놀란 표정으로 외쳤다.

"그렇다면 이러고 있을 때가 아니지 않은가!"

"왜 그러나?"

"관에 알려야지!"

대규모 병력에 전쟁 물자를 보유한 집단에 대한 이야기였다. 드러나지는 않았지만 아주 큰 위험이 도사리고 있고, 서하단이라는 세력으로는 감당할 수 있는 규모가 아니었다. 그렇다면 관에 알려 대비를 하게 해야 했다.

하지만 하세견의 생각은 달랐다.

"관에 이 이야기를 알리겠다고?"

"그래야지."

"뭘 증거로?"

"방금 자네 품에 넣은 화탄이 있지 않은가?"

백무결이 당연하다는 듯 말했지만, 하세견의 생각은 그와는 달랐다.

"관에서 볼 때 우리는 일반 양민 중 하나일세. 양민에 불과한 우리가 화탄 하나 들고 가서 그런 이야기를 하면 큰일이라 생각하고 조정에 알리겠나, 아니면 자네를 옥에 집어넣겠나? 이런 물건은 지니고 있다는 것만으로 죄가 된다는 걸 자네도 모르지는 않을 텐데?"

"그렇다고 이런 큰일을 우리끼리 해결할 수도 없는 노릇이 아닌가?"

"그러니 우리가 아니라 다른 사람이 해야지."

"다른 사람?"

백무결이 이해할 수 없다는 얼굴로 되물었다. 누가 가도 위험할 것이 빤한 일에 다른 누구를 보낸다는 말인가.

"자네나 내가 간다면 안 되지만, 무림맹주가 간다면 믿어 줄 일일세. 선이 닿아 있는 왕부가 있으니, 왕부를 통해 알릴 수가 있어."

일견 일리가 있는 말이었다. 하지만 백무결의 생각은 달랐다.

"지금 여기서 무림맹 총타에 가서 자초지종을 설명하고, 맹주께서 그 이야기를 관에 전하려면 시간이 너무 많이 걸려. 이런 일은 한시라도 빨리 알려야 하네."

"효율을 생각하게. 그렇게 해서 안 되면 일을 두 번 해야 하고, 그만큼 시간은 더 걸리는 걸세!"

하세견이 저도 모르게 버럭 소리를 질렀다. 하지만 백무결은 대답 대신 불쑥 손을 내밀었다.

"아까 그 화탄, 나한테 주게나. 자네 말처럼 위험할 수 있으니, 나 혼자 가겠네."

"뭐? 그럼 우리 서하단은 어쩌란 말인가?"

"아, 아니지. 나는 관으로 갈 테니, 자네는 서하단을 이끌고 무림맹으로 가게. 혹시라도 관에서 내 말을 들어주지 않을 경우도 생각을 해야 하지 않겠나."

하세견이 기겁한 표정으로 외쳤다.

"자, 자네!"

백무결이 자신의 의견을 무시해서가 아니었다. 아니, 백무결은 그 의견을 무시하지 않았다. 오히려 그쪽이 더 안정적이고 효율적이라는 것을 인정하고 있었다. 그렇기 때문에 하세견과 서하단을 무림맹으로 보내는 것이었다.

그런데도 자신은 무림맹으로 가지 않고 관으로 가겠다는 것은 이대로 아무것도 해 보지 않는 것을 참을 수 없기 때문이었다. 그리고 하세견은 그런 백무결의 생각을 제대로 읽었기 때문에 기겁할 수밖에 없던 것이다.

"제발 그 성격 좀 고치게!"

버럭 소리를 질렀다. 하지만 백무결은 고개를 저었다.

"내가 그렇게 이성적인 사람이었다면 지금의 서하단은 있을 수 없었을 걸세."

❖❖❖

"참으로 알 수 없는 일이오."

현산의 얼굴에 곤혹스러운 표정이 번졌다. 마주 앉은 구여상 또한 마찬가지였다.

두 사람 모두 도무지 풀리지 않는 난제를 앞에 두고 답답한 마음을 숨길 수가 없었다.

"허허, 이렇게 거대한 집단이 꼬리조차 보이지 않는다니, 이해할 수가 없소이다."

현산의 입에서 또다시 답답함이 가득한 말이 새어 나왔다. 평소 불호를 외며 온화한 눈빛으로 사람을 대하던 그의 모습은 도저히 찾아볼 수가 없었다. 아무리 어려운 일이 있어도 고개를 주억거리며 방법을 찾아보자 말하던 현산은 이곳에 없었다. 오로지 풀리지 않는 일에 대한 갑갑함만이 얼굴에 한 가득이었다. 그리고 이쪽이 그의 진짜 모습이기도 했다.

현산은 소림의 방장인 동시에 무림맹의 맹주로서 지금까지 이렇게 힘겨운 일을 겪어 본 적이 없었다. 흐름을 읽어내는 날카로운 눈과 사람의 심리를 꿰뚫어 보는 통찰력이 그가 가진 가장 강력한 힘이었고, 그것으로 소림의 방장은 물론 무림맹의 맹주까지 오를 수 있었다.

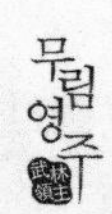

그런데 무려 삼 년 동안 한 가지 문제를 해결하지 못하고 있으니, 그 답답함이 이루 말할 수가 없을 정도였다.

그런 심정은 구여상 또한 마찬가지였다.

태어날 때부터 천재였던 그다. 그 뛰어난 머리로 단 한 번도 앞이 막힌 적이 없었다. 너무 막힘없이 앞으로 나가다 보니 오히려 허무와 무료함을 겪었고, 그래서 자신의 진짜 힘을 펼치고자 무림맹을 찾은 그였다.

그런 구여상의 얼굴에 막막함이 떠오를 정도로 상황은 어려웠다.

그렇게 두 사람을 답답하게 만드는 문제는 삼 년 전 시작했던, 중원 전역에 유황을 밀거래하고 있는 거대한 집단에 대한 조사였다.

무림맹이 중원무림 전체를 아우르는 거대한 집단이라는 사실에 이의를 제기할 사람은 누구도 없었다. 당연히 그 정보력 또한 타의 추종을 불허할 정도로 방대하고 깊었다.

한데 그런 무림맹의 힘으로 무려 삼 년 동안 추적을 했음에도 아직까지 그 실체를 찾지 못하고 있는 것이었다. 답답한 게 당연한 일이었다.

입을 닫은 채 멍한 표정을 짓고 있던 구여상이 조심스러운 목소리로 물었다.

"세가 쪽에서는 아무런 반응이 없습니까?"

"여전하오."

구여상은 처음 이 일을 쫓을 때만 해도 그 집단이 사대세가, 혹은 제갈세가와 깊은 관계가 있다고 생각했다. 그도 그럴 것이, 관명각 각주인 제갈무산이 그 의심스러운 정황을 고의로 무시했기 때문이다.

현산이 당시 이 일을 시작하자고 제안할 때 일부러 세가 쪽을 자극한 것도 그러한 이유에서였다.

그런데 웬걸. 오히려 세가들이 그 일에 훨씬 적극적으로 나서는 것이었다. 자신들을 감추기 위한 위장인가 싶었지만, 그것도 아니었다. 오히려 그들이 더 답답해하며 놈들의 실체를 찾고자 했다.

물론 아무런 결과가 없는 것은 아니었다. 유황 밀거래의 말단에 있는 은밀한 세력들을 몇몇 색출한 것은 물론, 유황의 출처가 동영이라는 것, 그리고 유황의 운반이 대부분 수로를 이용한다는 점 등을 알아내었다.

하지만 그것이 삼 년 동안의 성과라고 생각하면 너무 초라해 어디에 말을 하기도 부끄러울 수준이었다.

다시 침묵이 이어지는 동안 고민스러운 표정을 짓던 구여상이 힘겹게 말을 꺼냈다.

"이제 방향을 바꿔 볼 때가 되지 않았나 싶습니다."

"방향을 바꾸다니? 무슨 말이오?"

"내부를 살펴보아야 합니다. 실은 지금 때가 된 것이 아니라, 한참 전에 했어야 하는 일입니다만."

현산의 눈이 가늘어졌다.

"내부라 함은……."

구여상 역시 슬쩍 주변을 살폈다. 물론 주변에 누군가 있다 해도 무공을 모르는 그가 알 길은 없었다. 하지만 그것은 현산에게 주변을 살펴 달라는 의미의 행동. 슬쩍 현산에게 시선을 주니, 현산이 안심하라는 듯 고개를 끄덕였다.

"무림맹, 좀 더 깊이 들어가면 구파일방 내부를 살펴야 할 것 같습니다."

그 말에 현산은 미간에 깊은 주름을 접으며 물었다.

"구파일방? 사대세가가 아니라?"

"그들이 우리보다 더 적극적으로 이 일을 추적하고 있지 않습니까?"

"하지만 그게 오히려 우리의 눈을 가리기 위한 술책일 수도 있지 않소?"

"잊으셨습니까? 지금까지 우리가 얻은, 성과라고 부르기도 민망한 그 결과물들 대부분은 세가 쪽에서 만들어 낸 것들이었습니다."

하지만 현산은 쉬이 물러서지 않았다.

"오히려 그게 그들의 계략일 수도 있지 않소? 작은 것을 던져 주는 대신 큰 것을 숨기기 위해서."

하지만 구여상은 자신의 생각을 굽히지 않았다.

"물론 가능성이 없지는 않습니다. 저도 그 부분을 생각지 않은 것은 아니었습니다. 하지만 제가 이미 확인을 해 보았습니다."

현산이 기겁한 표정으로 주변을 훑었다. 아무도 없다는 것을 알면서도 반사적으로 나오는 행동. 그만큼 구여상이 한 행동은 꽤 위험한 것이었다.

하지만 지금 대화의 핵심은, 확인을 해 보니 구파일방 쪽에 의심스러운 정황이 있다는 사실이었다.

"어떻게 확인을 했소?"

"간단한 것입니다. 우리와 세가 양쪽에 동일한 정보를 전해 보았습니다. 그런데 구파일방 쪽의 비선으로는 정보가 올라오지 않았습니다."

"음!"

"우연일 가능성도 있기에 세 번에 거쳐 확인을 해 보았고, 세 번 모두 정보가 누락되었습니다. 누군가에 의해 고의로 누락된 것이라고밖에 볼 수 없습니다."

상황이 그 정도라면 현산도 더 이상 고집을 부릴 수는 없었다. 하지만 입맛이 썼다. 다른 곳도 아닌 구파일방에

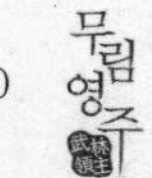

서 그런 문제가 생기다니.

"신중하게, 또 신중하게 확인을 해야 하오."

"걱정 마십시오."

구여상의 자신감 넘치는 대답에 현산이 굳은 표정을 지으면서도 고개를 끄덕였다. 불안한 마음이 없지는 않았지만, 그래도 구여상은 믿을 수 있는 덕분이었다. 유황 밀거래와 관련된 일을 제외하고 지금까지 구여상은 단 한 번도 실수를 한 적이 없었다. 그 덕에 소림을 비롯한 구파일방은 사대세가에 상대적인 우위를 점하고 있었다.

어쨌든 고민하던 문제의 또 다른 접근 방법에 대해 이야기가 마무리되자 현산은 다른 문제를 끄집어냈다.

"그런데 서하단 말이오."

"예, 맹주님."

"어찌했으면 좋겠소?"

다짜고짜 던진 물음이지만 구여상은 그 의미를 정확하게 이해했다.

삼 년 전, 서하단의 전신인 의천단을 무림맹에 받아들일 때만 해도 현산에게는 그럴 만한 이유가 있었다. 의천단의 활약이 늘어나 어느 정도 이름과 명성을 얻게 되면, 그때 구파일방 쪽으로 받아들이기 위해서였다. 그리하면 구파일방의 이름도 더 올라가리라.

하지만 서하단은 그저 도움을 받을 뿐, 무림맹 내부의 정치적 흐름에는 일절 관심을 가지지 않았다. 서하단을 받아들이면서 자신들에게 유리하게 이용하려 했던 구파일방이나 사대세가 입장에서는 애가 탈 수밖에 없는 일이었다.

거기에 더해서 돈 문제도 있었다.

무림맹은 그 거대한 덩치를 유지하기 위해 자체적으로 수익을 낼 수 있는 많은 일들을 하고 있었다. 그리고 운영자금에 쓰이고 남은 돈은 모두 구파일방과 사대세가가 나눠 가지는 형태였다.

그런데 삼 년 전부터 그 자금의 상당 부분이 서하단으로 흘러 나가고 있는 것이었다.

근거지가 있다 하더라도 육백에 달하는 무인들이 생활하는 데는 아주 많은 돈이 필요했다. 그런데 이 서하단은 근거지조차 없는 집단이었다. 육백의 무인이 중원 곳곳을 누비는 데 드는 비용은 단순히 많은 수준이 아니라 어마어마하게 많은 금액이었다.

당연히 구파일방과 사대세가에 돌아가야 할 몫은 줄어들 수밖에 없었다. 그랬기에 현산은 그것까지 포함해 질문을 던진 것이었다.

구여상이 이내 미간을 찡그리며 고개를 내저었다.

"저도 모르겠습니다."

"모르겠다니?"

"세상에서 가장 다루기 힘든 부류가 어떤 사람들인지 아십니까?"

구여상은 자신이 질문을 던지고 나서 다시 자기 입으로 답을 내놓았다.

"욕심이 없는 사람, 신념을 가진 사람, 외곬으로 한 가지만 파고드는 사람입니다. 그리고 서하단의 백무결은 그 세 가지를 모두 가지고 있는 자입니다."

"으음……."

"하지만 그렇기 때문에 방법만 잘 생각하면 충분히 잘 이용할 수도 있지 않겠소?"

현산의 말에는 구여상 역시 동감한다는 듯 고개를 끄덕였다. 그리고 곧장 고개를 저었다.

"백무결 그 사람 하나만이라면 그럴 수도 있습니다. 하지만 그 옆에는 또 다른 난적이 하나 있지요."

"부단주인 하세견 말이오?"

"그는 욕심도 많고 외골수도 아니지요. 게다가 머리도 좋습니다. 사실 서하단이 지금까지 구파일방이나 사대세가, 그 어느 쪽에도 기울지 않고 있는 것 역시 하세견 때문일 겁니다."

"그럼 그를 이용해야 되지 않겠소?"

"하지만 그 역시 신념이 있습니다. 그리고 백무결에 대한 충성심 또한 아주 대단하지요."

현산이 곤혹스러운 얼굴로 말했다.

"이제는 무림맹의 운영 자금조차도 떼서 보내야 할 판이오. 이대로 가다가는 무슨 이유든 만들어 자금 지원을 중단해야 하오."

"하지만 저희는 지금 명분도 없습니다."

서하단은 절대 돈을 허투루 쓰지 않았다. 오히려 최대한 돈을 아껴 가며 사용했다. 어지간하면 객잔을 잡지도 않았고, 식사 또한 틈틈이 사냥을 하며 직접 해결을 하는 편이었다. 말 그대로 최소한의 돈만을 사용하고 있었다.

그러한 사실은 무림에 몸을 담은 자들이라면 모르는 이가 없을 정도였다. 그런데 무림맹에서 지원을 끊는다면, 무림 전체의 비난을 받을 일이 되어 버리는 것이다.

"그렇지 않아도 총타로 온다고 연락이 왔으니, 그때 한번 상황을 살펴보도록 하시지요."

구여상이 반쯤은 포기한 듯 꺼내는 말에 현산이 깊은 한숨을 내쉬며 고개를 끄덕였다.

"그리하는 수밖에."

"아, 그런데 한 가지 이상한 것이 있습니다."

"이상한 것?"

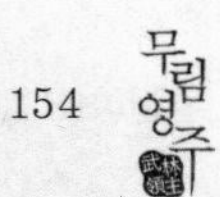

“백무결 단주는 이번에 함께 오지 않는다고 하더군요. 그리고 최근에 맞닥뜨린 흑도 세력들 중에 괴이한 점이 있어서 그에 대해 보고를 한다고 했습니다.”

“이상한 점에 대해서 보고라? 서신을 보내면 될 일이 아니오?”

“직접 들고 와야 하는 물건이 있다 하더군요. 그리고 또 한 가지가 더 있습니다.”

“무엇이오?”

현산은 여전히 별다른 흥미가 동하지 않는 듯 시큰둥한 목소리로 물었다. 그에 반해 구여상의 얼굴에는 묘한 기대감이 떠올라 있었다.

“도주(島主)라는 호칭에 대해서 조사를 해 달라 하더군요.”

현산이 고개를 갸웃거렸다.

“도주? 섬의 주인 말이오?”

“예, 그렇습니다. 낯설게 느껴지기는 하지만, 그리 드문 말도 아니지요. 그런데 왠지 모르게 뭔가 있는 듯한 느낌이 들더군요.”

구여상이 그렇게 말을 했지만, 현산은 여전히 흥미가 없는 듯 시큰둥한 얼굴로 고개를 끄덕였다.

“그건 그대가 알아서 하시오.”

"이제는 때가 된 것 아닙니까?"

남궁호천이 답답한 목소리로 물었다. 하지만 제갈무상은 난감한 얼굴로 고개를 저었다.

"섣불리 건드리면 오히려 우리의 입지만 좁아질 뿐이라는 걸 알지 않소?"

"우리의 입지가 좁아지는 게 문제요? 한시라도 빨리 놈들을 처리해야 할 것 아니오?"

"지금 조금도 범위를 좁히지 못한 판국에 그들 모두를 건드려서 어쩌자는 거요? 그 뒷감당을 남궁 가주 혼자 다 하시겠소? 아니, 일단 일이 틀어지면 남궁 가주 혼자 감당하겠다고 해서 그리되는 게 아니지 않소?"

연거푸 고개를 젓는 제갈무산의 반응에 남궁호천은 결국 긴 한숨을 내쉴 수밖에 없었다.

두 사람의 말하는 문제는 현산과 구여상이 고민했던 것과 같은, 유황 밀거래의 흑막을 조사하는 일이었다.

그리고 사대세가 쪽에서는 구파일방에 그들의 간세가 섞여 있다는 확신을 갖고 있었다.

남궁호천은 그것을 확인하고자 구파일방을 압박하자고 말하고 있는 것이었고.

하지만 제갈무산의 말이 맞았다. 구파일방 중 어느 곳이

놈들의 간세인지 모르는 상황에서 괜히 들쑤시는 것은 위험했다. 오히려 근거도 없이 의심하고 공격한다며 역공을 당할 위험이 컸다. 그리고 그리될 경우, 단순히 사대세가의 입지가 좁아지는 것이 문제가 아니었다. 입지가 좁아진다는 것은, 그 흑막을 상대할 힘을 잃는다는 것을 의미하기 때문이었다.

"후우, 삼 년이라니……."

현산이 유황의 밀거래에 대해 조사를 하자고 제안한 것이 벌써 삼 년 전이었다.

처음 그 이야기가 나왔을 때 남궁호천과 제갈무산은 격렬하게 반대했다. 자신들에게 그 일을 지시한 황태자의 존재가 드러날지도 모른다는 우려 때문이었다. 자칫하면 황태자가 위험해질 수도 있으니 가능하면 지금까지 하던 대로 은밀하게 일을 진행하고자 했다.

하지만 현산이 오히려 사대세가를 의심하는 듯한 분위기를 풍기며 압박을 하는 통에 어쩔 수 없이 그 일을 하기로 한 것이었다. 한편으로는 무림맹이 나설 경우, 지금껏 잡을 수 없던 단서를 찾을 수도 있다는 기대도 품었기에 동조를 했다.

그렇게 삼 년이 지났지만, 그 일은 별다른 진전을 보이지 않고 있었다.

그나마 한 가지 수확이 있다면, 구파일방의 열 개 집단 중에 그놈들의 간세가 숨어 있는 정황을 발견한 정도.

그렇게 잠시 정적이 흐르고, 제갈무산이 갑자기 피식 웃으며 입을 열었다.

"구파일방은 몰라도 어쩌면 이번에 뭔가 새로운 국면을 맞게 될지도 모르겠소이다."

"음, 뭔가 있소?"

"이번에 서하단에서 무림맹으로 보낸 서신을 보았소?"

남궁호천은 그건 또 무슨 소리냐는 듯 고개를 저었다. 서하단은 지금 그의 관심을 끌 만한 대상이 아니었다.

처음 서하단이 무림맹에 들어온다고 했을 때만 해도 꽤 관심을 갖고 있기는 했다.

물론 구파일방도 마찬가지였다. 남궁호천이 각주로 있는 의천각과 이름이 같다며, 의천각 예하의 편제로 보일 수 있으니 이름을 바꾸라고 강요할 정도였다. 그만큼 자신들에게 유리하게 이용하고 싶었던 것이다.

하지만 지금은 무지막지한 자금을 써 대는, 별 쓸모 없는 집단 정도로밖에 보이지가 않았다.

그러니 연락이 와도 딱히 관심을 두지 않았던 것이다.

"그들이 가져오는 게 뭐 별다른 게 있겠소?"

"단순히 서하단의 서신만이라면 나도 관심을 가지지 않

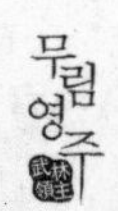

았을 것이오. 하지만 얼마 전 남궁 가주가 가져다준 담씨세가의 서신이 있었기에 관심을 가질 수밖에 없었소."

"그게 무슨 말이오?"

남궁호천이 고개를 갸웃거렸다. 담씨세가는 절강성의 오왕부를 통해 자신들과 연계를 하고 있는 세가였다. 그 가주인 담기령은 사위로 삼을까 하는 생각을 가지게 만들 만큼 뛰어난 인물로 생각하고 있기도 했다.

그런데 그와 서하단의 편지가 무슨 관계가 있단 말인가. 그 둘의 관계는 꽤 오래전 처주무련이 의천단에 자금을 지원해 주었다는 정도밖에 없었다. 서하단 단주인 백무결이 담기령과 친분이 깊다고 듣기는 했지만, 서하단이 무림맹으로 온 후에는 딱히 연락을 주고받는 것 같지도 않았다.

"담 가주가 보낸 서신에 있던 '도주' 라는 말, 기억하시오?"

"왜구들을 통해 알게 된 내용이 아니오? 우리가 쫓는 흑막의 주인이 도주라 불리는 게 아닌가 하는 정도의 추측이었던 것 같은데……."

"그런데 서하단이 보낸 서신에도 그와 똑같은 말이 들어 있었소이다."

"음?"

남궁호천이 두 눈을 날카롭게 빛내며 주변을 살폈다.

"허허, 설마 내가 아무런 조심도 하지 않고 그런 말을 했겠소?"

"아무튼, 서하단에서 무슨 말을 했소이까?"

"아직 확실한 것은 없소. 단순히 도주라는 호칭에 대해 조사를 해 달라는 듯한 내용이었으니까. 그리고 도주라는 말이 그리 낯선 말은 또 아니니……."

"그래도 뭔가 이유가 있으니 그대가 관심을 가지는 것 아니겠소?"

"최근에 흑도 집단을 처치하면서 발견한 괴이한 점에 대해 보여 줄 물건이 있다고 했소. 거기에 더해서 도주라는 말에 대해서도 조사해 달라고 했으니, 그 괴이한 집단과 도주라는 말이 서로 관련된 것 아니겠소?"

잠시 제갈무산의 말을 곱씹어 본 남궁호천이 한층 목소리를 낮추며 물었다.

"즉, 그 괴이한 흑도 집단이 우리가 쫓는 유황과 관계가 있고, 담 가주가 말한 도주라 불리는 자가 서하단이 말한 도주와 동일한 인물을 칭하는 것일지도 모른다, 그런 말이오?"

"아직 확실한 것은 없소만, 왠지 그런 느낌이 들지 않소? 그래서 그 내용을 담 가주에게 알려 주었소이다."

제갈무산의 말에 남궁호천도 고개를 끄덕였다.

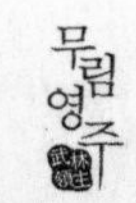

"이번에는 서하단 놈들의 방문이 꽤 기다려지는구려."

"가, 감히 이따위 짓을 하고도 네놈들이 정파를 표방하는 세가라 할 수 있느냐!"

남세천이 시뻘겋게 달아오른 얼굴로 버럭 소리를 질렀다. 하지만 담기령과 좌우에 앉은 이세신, 유춘은 아무런 대답도 하지 않았다.

그런 무반응에 남세천이 버럭 소리를 질렀다.

"하는 짓이 흑도의 무뢰배들과 다를 것이 없구나! 이딴 협잡질로 우리를 집어삼키려 하다니! 아, 아니, 애초에 이럴 계획으로 우리를 절강무련에서 제외시키려 한 것이었겠지!"

보통의 사람들이라면 분명 화를 낼 만한 말이었다. 하지만 담기령의 얼굴은 여전히 덤덤했다.

그는 지켜야 할 선을 넘지 않는 한도 내에서 득이 되는 방식을 마다하는 성격이 아니었다. 저쪽 세상에서 차기 영주가 되기 위해 받은 교육이 그랬다.

더군다나 그 상대가 어려운 이웃의 다른 세력들의 고혈을 빨아먹으며 덩치를 키워 온 남세천의 화웅방 같은 집단이라면 더더욱 마다할 이유가 없었다. 어차피 그런 방식으로 제 욕심을 채워 온 놈들이니 비슷한 방식으로 망하는 것이 당연한 일이었다.

담기령은 씨근덕거리며 자신을 노려보는 남세천을 마주 보았다. 그리고 남세천이 또다시 뭐라고 버럭 소리를 지르려는 찰나, 그것을 끊고 입을 열었다.

"우리는 정당한 거래를 했을 뿐인데 왜 그러십니까?"

"정당한 거래라니! 우리 쪽으로 올 물품을 뒷거래로 웃돈을 주고 싹 쓸어간 데다 그 물건을 장씨세가를 비롯한 세 방파에 헐값에 팔지 않았나!"

"우리가 얼마에 물건을 사든, 또 그렇게 산 물건을 얼마에 팔든 그것은 전적으로 우리가 결정하는 일이 아닙니까? 아니군. 이거, 오히려 내가 화를 내야 할 상황이군요. 화웅방이 무슨 권리로 담씨세가의 운영에 참견을 하려 하십니까?"

"뭐, 뭣이? 그럼 우리는? 물건을 들여오지도 못할뿐더러 사 놓았던 물건을 팔지도 못하게 되었는데, 그건 어쩌란 말이냐!"

"그걸 왜 저희 담씨세가에 묻는지 모르겠군요. 그건 화웅방에서 알아서 할 일이 아닙니까?"

"이익, 네놈의 그 행태로 인해 물가가 크게 요동칠 수도 있다는 걸 모르느냐!"

이번에는 유춘이 대답을 했다.

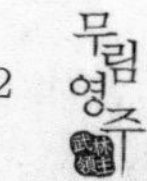

"음, 그건 남 방주께서 뭘 모르고 하시는 말씀입니다."

"뭐, 뭣이?"

"지금까지 소산현, 상우현, 여요현의 세 곳은 남 방주님의 화웅방을 통해서만 거래를 해 왔습니다. 뭐, 어쩔 수 없는 일이었지요. 수로 쪽으로는 왜구들 때문에 거래가 안 되고, 육로를 통해서는 화웅방 외에는 물건이 없었으니 말입니다. 그래서 왜구가 출몰하지 않을 때는 물가가 안정되다가 꼭 왜구들이 한 번 들쑤시기만 하면 물가가 천정부지로 치솟았단 말입니다. 그런데 이번에 저희가 그 물건들을 공급하면서 물가가 안정이 되었지요."

"그, 그! 하지만 네놈들이 우리 물건을 가로채면서 얹어준 웃돈이 다른 지역의 물가를 올릴 게 아니냐!"

억지를 쓰며 고함을 치는 남세천을 향해 유춘이 딱하다는 표정으로 설명했다.

"그 또한 모르시는 말씀입니다. 그 물건들은 어차피 화웅방으로만 들어갈 물건이었기 때문에 다른 지역의 물가에는 영향을 미치지 않습니다. 또한 저희는 정해진 물량 외에는 사들이지 않았으니, 민간에 물량이 부족해 가격이 부족해질 리도 없지요. 남 방주께서 말씀하신 일은 매점을 했을 경우인데, 글쎄요? 저희가 매점을 했습니까?"

콰앙!

남세천이 더는 참지 못하고 벌떡 일어서는 바람에 그가 앉아 있던 의자가 넘어가며 요란한 소리를 냈다. 하지만 담기령을 포함한 세 사람은 여전히 별다른 반응을 보이지 않았다.

"우, 우리가 이대로 참을 거라 생각한다면 큰 오산이다! 괜히 우리를 건드린 대가를 치르게 될 거야!"

그 말에는 이세신이 대답을 해 주었다.

"지피지기면 백전불태라는 말을 들어 보셨습니까?"

"무, 무슨 소리냐!"

"적을 알고 나를 알면 백 번을 싸워도 위태로울 일이 없다는 말이지요."

"그, 그게 어쨌다는 말이냐!"

"남 방주님의 화웅방이 장씨세가나 비현방, 혹은 고씨세가 셋 중 한 곳이라도 이길 수 있는 전력이라고 생각하시는 거냐고 묻는 겁니다."

"이, 이놈들이 미쳐도 제대로 미쳤구나. 감히 우리 화웅방의 전력을 무시해?"

남세천이 한층 더 흥분한 얼굴로 외쳤다. 화웅방의 전력은 방금 말한 세 방파를 합친 것을 상회할 정도로 강력했다. 그런데 저런 헛소리를 하니 기가 막힐 따름이었다.

"뭐, 제 말을 믿지 못하시겠다면 시험을 해 보셔도 됩니

다만, 그럴 경우 결국 땅을 치고 후회할 사람은 남 방주님 본인이 될 것입니다."

"이, 이! 다른 누가 끼어들지만 않는다면 그따위 방파들쯤 하룻밤이면 존재를 지워 버릴 수도 있다!"

그 말에 이세신이 저도 모르게 실소를 픽 터트리며 말했다.

"큭, 어디 해 보시지요."

순간, 남세천이 갑자기 눈을 빛내며 외쳤다.

"개, 개입하지 않겠다고 맹세를 한 것으로 알겠다!"

과정이야 어찌 되었든 절강무련의 개입을 막을 일종의 명분이었다.

그리고 담기령이 무겁게 고개를 끄덕였다.

"약속하지요."

"크큭, 땅을 치고 후회하게 될 것이다!"

남세천이 자신만만한 목소리로 으르렁거리며 방을 나섰다. 물론, 누구도 그를 배웅해 주는 이는 없었다.

남세천이 사라진 후, 이세신이 갑자기 걱정스러운 얼굴로 말했다.

"괜찮겠습니까? 아무리 그래도 화웅방의 저력은 무시할 수 없습니다."

방금 남세천과 나눈 일련의 이야기들은 애초에 담기령이

의도한 것이었다.

화웅방을 도발해 그들이 먼저 무력을 쓰도록 만드는 것.

문제는 담기령이 한 말이 진심이라는 것이었다. 그는 그들 사이의 충돌에 절대 개입하지 않을 생각이었다.

"걱정 마시오."

담기령이 아무런 문제도 되지 않는다는 듯 말했지만, 이세신은 여전히 걱정스러운 얼굴이었다.

"아무리 그래도 화웅방의 전력이라면……."

"화웅방의 덩치가 아주 크기는 하지."

"그걸 아시면서 왜 그런 결정을 하신 겁니까?"

"걱정 마시오. 이번 일로 화웅방은 이 절강 땅에서 사라질 테니. 아니지. 화웅방만이 아니라 태주부의 현건방이나 육가장도 마찬가지지. 남세천이 그들을 끌어들일 테니 말이야."

자신만만한 담기령의 말에 이세신도 결국 고개를 끄덕였다. 전쟁, 전투에 대해서는 자신보다 훨씬 깊은 통찰력을 가진 담기령의 말이니 어쩔 수 없이 믿는 수밖에.

포기한 듯한 이세신의 모습에 담기령이 피식 웃으며 말했다.

"그럼 내가 자리를 비운 동안 두 사람이 절강무련의 일을 처리해 주시오. 대부분의 계획은 두 사람이 짰으니, 부

련주와 잘 처리하도록 하시오."

순간, 이세신과 유춘이 깜짝 놀라 외쳤다.

"자리를 비우시다니요! 지금 말입니까! 도대체 어디를 가신다는 겁니까?"

이제 막 절강무련이 자리를 잡아 가는 과정이었다. 그런 때에 련주가 자리를 비우다니.

"부련주님이라면 충분히 잘해 나갈 수 있소. 우리는 그 외에 또 다른 중요한 일이 있지 않소?"

"또 다른 중요한 일이라니요?"

"유황 말이오."

"물론 그게 중요하기는 합니다만, 지금은…… 게다가 정말 어디를 가시려고 그러십니까?"

이세신의 물음에 담기령이 나지막한 목소리로 말했다.

"무림맹이오."

"무림맹이라니요?"

"이번에 각 방파들의 정보를 모으면서 알게 되지 않았소? 지금까지 우리가 잘못 생각했다는 것 말이오."

그 말에는 유춘과 이세신도 같은 생각이었다. 그들은 지금까지 유황의 흑막이 왜구들과 깊이 연계를 하며 뭔가를 준비한다고 여겼다. 하지만 이번에 새로이 정보들을 모으면서 그 생각을 수정해야만 했다.

흑막이 왜구 중 하나일지도 모른다는 의심을 하게 된 것이었다. 그리고 그 의심이 사실일 경우, 지금까지 모호했던 것들이 명확하게 바뀌기도 했다.

일단 '도주'라 칭해지고 있는 자가 중요했다. 얼마 전 무림맹의 제갈무산으로부터 온 서신에 서하단으로부터 알게 된 내용이 들어 있었고, 그로 인해 담기령의 새로운 가정에 조금 더 무게가 실리고 있었다.

그래서 무림맹으로 가기로 결정을 내린 것이었다. 무림맹에서 쫓는 유황의 흑막이 어쩌면 왜구들 중 하나일지도 모른다는 이야기를 전하기 위해서였다.

물론, 단순히 그 이유 때문만은 아니었다. 무림맹에 절강무련의 존재를 알리기 위해서였다. 담씨세가가 본격적으로 중원무림에 이름을 알릴 준비인 셈이었다.

그런 담기령의 속내를 읽어 낸 유춘이 조심스레 물었다.

"너무 서두르시는 것 아닙니까?"

"서두르는 게 아니라 너무 기다렸던 거지. 그리고 모든 준비가 갖춰지기를 기다렸다가는 담씨세가는 절대 절강성을 벗어날 수 없어. 조금은 급한 듯한 느낌으로 움직이는 게 좋을 때도 있으니까."

말은 그리했지만 담기령의 입장에서는 절대 서두르는 것이 아니었다. 오히려 너무 일을 늦추어 온 느낌이었다.

사실 절강무련의 일은 조금도 신경 쓸 필요가 없었다. 지난 삼 년의 세월 동안 전력을 강화하고 힘을 기르면서 철저하게 구상을 해 온 일이었다. 그렇기에 일단 시작만 하면 결과를 볼 수 있는 일.

그러니 자신이 더 이상 절강무련의 완성에 신경을 기울일 필요가 없다고 생각한 것이었다.

담기령이 자리에서 일어서며 말했다.

"이번 기회에 무결이, 그 친구도 한 번 만나 보면 좋겠군. 아, 아니지. 아예 그 친구가 있는 곳으로 가서 함께 움직이는 것도 나쁘지 않겠어."

담기령의 말에 유춘이 질린 표정으로 말했다.

"가, 가주님."

"왜?"

"그렇게 여유를 부리실 때가 아닌 듯합니다만……."

그 말에 담기령이 고개를 저었다.

"여유가 아니야. 백무결은 무림맹에 가기 전에 꼭 만나서 이야기를 해 봐야 돼."

"무, 무슨 이유입니까?"

유춘이 궁금한 듯 물었다. 무림맹으로 가는 것만 해도 꽤 먼 길일 텐데 백무결까지 만나서 가겠다니, 얼마나 대단한 이유인지 궁금했던 것이다. 그것도 하필이면 절강무련의 내실을 다져야 할 이 시기에 말이다.

하지만 담기령은 유춘의 궁금증을 풀어 주지 않았다.

"그건 뭐 나중에 따로 이야기해 줄게. 아무튼 나는 백무결, 그 친구가 어디 있는지 확인하러 섭 우참정을 찾아뵐 테니, 두 사람은 부련주와 함께 일을 잘 처리하도록."

그렇게 말을 끝낸 담기령이 유유히 방을 나섰다.

6장

삼 년 만의 재회

'도대체 어떤 놈이 이런 짓을 획책한 거지?'

백무결은 가부좌를 틀고 팔짱을 낀 채 맞은편의 창살을 노려보며 홀로 생각에 잠겨 있었다.

지금 그가 있는 곳은 등주 주청의 감옥 안이었다. 감옥 안에 이렇게 앉아 있다는 말은, 당연히 죄인의 신분으로 갇혀 있다는 의미.

스스로 생각해도 참 기묘한 일이었다.

'보통 일은 아니라는 뜻인데……."

서하단을 무림맹 총타로 보낸 백무결은 생포한 수적들을 포박해 엮어 끌고는 홀로 등주의 주청으로 향했다. 물론,

품 안에는 수적들의 배에서 빼앗은 화탄을 하나 든 채였다.

그런데 주청에 도착하자마자 기묘한 일이 벌어졌다.

주청의 포두와 포쾌, 정용 등을 포함한 관졸들이 살벌한 기세로 자신을 포위했던 것이다.

더욱 황당한 것은 그 직후 등주 지주가 나타나 내지른 호통의 내용이었다.

"화탄을 지닌 놈이다! 당장 저놈을 포박하고 화탄을 압수함은 물론, 저놈이 끌고 온 놈들까지 모두 하옥하라!"

뒤통수를 세게 얻어맞은 기분이었다. 자신이 화탄을 가지고 있다는 것은 어떻게 알고 있으며, 수적들이 지니고 있던 화탄이 왜 백무결 자신의 물건으로 취급된단 말인가.

하지만 어쨌든 자신을 포위한 이는 관의 관졸들이었고, 그것을 명한 이는 등주를 다스리는 지주였다. 억울하기는 하지만 백무결의 성격상 이유도 모른 채 그들을 칠 수는 없었다. 그래서 일단은 순순히 감옥에 갇혔다.

일의 전모를 알게 된 것은 한참이 지난 후였다.

처음에는 다짜고짜 고신(拷訊)을 하고 장을 칠 뿐이었다. 그렇게 무려 한 달이 지난 후에야 수적들의 이야기를

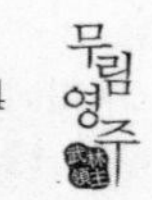

포함해 일의 사정을 설명하는 백무결을 향해 등주 지주가 한 장의 서신을 들이밀며 말했다.

"네놈이 그렇게 말을 할 거라고 이미 누군가가 밀고를 했다! 무슨 연유든 화탄과 같은 나라에서 금한 위험한 물건을 갖게 되었으면 당장 관으로 달려와 고해야지, 역모니 뭐니 민심을 요동케 만들고 그사이에 제 이득을 챙기려 하다니!"

어처구니가 없었다. 도대체 그게 무슨 말도 안 되는 이야기인가. 하지만 문제는 그 밀고의 내용을 담은 서신이 먼저 도착했다는 사실이었다.

그렇지 않고서야 등주 지주가 자신이 올 거라는 사실이나, 화탄에 대해 알고 있을 리 없었다.

백무결이 먼저 도착하고 서신이 나중에 도착했다 해도 의심을 받을 판에, 서신이 먼저 도착한 후에 백무결이 서신의 내용대로 행동하니 서신을 더욱 믿을 수밖에.

더 황당한 것은 수적들의 반응이었다.

"맞습니다요, 지주 나리!"

"저자가 갑자기 저희를 공격하고 품에서 화탄을 꺼내더니, 우리 배에서 발견한 거라고 우겼습니다!"

"저희가 국법을 어긴 죄인인 것은 분명하나, 화탄과 같은 물건은 본 적도 없습니다요!"

마치 준비라도 한 듯 고래고래 소리를 지르는 수적들로 인해 혼자인 백무결이 오히려 궁지에 몰리게 된 것이었다.

하지만 수적들의 반응으로 인해 한 가지는 짐작이 가능했다.

'수적 놈들과 같은 패거리의 누군가가 꾸민 일이라는 건 분명한데…….'

그렇지 않고서야 수적들이 그렇게 똑같은 반응을 보이지는 않았을 것이다. 수적 패거리의 뒤에 있는 누군가가 급하게 일을 꾸미고, 자신이 모르는 사이에 포박당한 수적들에게 이 사실을 알리고 말을 맞추라 지시한 것이 분명했다.

자신이 관에 고변할 것을 예상하고 놈들이 먼저 선수를 친 것이 분명했다.

화탄의 출처를 우연히 얻은 것이라 말해 놓은 것도 백무결의 예상에 신빙성을 더했다. 괜히 역모니 반역도당이니 하는 소리를 했다가는 북경까지 보고가 올라갈 것이고, 그럴 경우 대대적인 조사가 이루어질 게 분명했다. 그러니 우연히 얻은 것이라 말하고, 백무결이 개인의 이득을 위해

악용했다고 말했으리라. 어디까지나 백무결 개인의 죄로 만들기 위해서.

'그럼 이제 어떻게 한다?'

지금까지의 일은 문제가 아니었다. 매일 끌려 나가 고신(拷訊)을 당하는 것도 괴롭고 힘들기만 할 뿐, 딱히 무공이나 몸에 심각한 문제가 생기는 것은 아니기에 참을 수 있었다.

수적들과 화탄의 문제 또한 하세견이 무림맹 총타로 가고 있으니 시간이 조금 걸리기는 해도 문제가 될 게 없었다. 어차피 이곳 등주 관청에서 자신의 방식이 먹히지 않은 이상, 다른 곳도 비슷할 가능성이 크기 때문에 거기에 대해서 미련은 없었다.

하지만 언제까지고 이렇게 갇혀 있을 수는 없었다. 하세견이 있기는 해도, 어쨌든 서하단은 자신을 중심으로 모인 사람들이기 때문에 자신이 자리를 비울 수 없었다.

게다가 이렇게 갇혀 있어 봐야 해결될 일도 없었다.

'어쩔 수 없지.'

가능하면 파옥이라는 과격한 방법은 쓰고 싶지 않았다. 자신이 억울하다고 해서 등주 지주나 감옥을 지키는 관졸들을 난처하게 만들고 싶지는 않았기 때문이다. 하지만 이제 다른 방법이 없으니 그 수밖에 없었다.

지금까지 얌전히 갇혀 있던 이유는 일이 꼬인 전모를 확인하기 위해서, 그리고 혹시나 등주 지주가 저 수적들과 한통속은 아닌지 확인하기 위해서였다. 그러니 오늘 밤에는 나가야 했다.

"후우!"

백무결은 천천히 호흡을 고르며 자신의 내부를 관조했다. 늘 확인하고 충분히 조심을 했기에 내상이나 근육, 혹은 힘줄 등에 이상은 없었다. 그저 피륙에 입은 상처뿐.

이제 남은 것은 밤이 되기를 기다리는 것뿐이었다.

그때였다.

삐걱!

갑자기 백무결이 갇혀 있는 감옥의 문이 열리더니, 간수가 안쪽을 향해 외쳤다.

"죄인 백무결! 석방이다!"

생각지도 못한 말에 백무결이 멍한 표정으로 간수의 얼굴을 쳐다보았다. 사람을 잡아다 다짜고짜 죄인 취급하며 무려 한 달 동안 고신을 할 때는 언제고, 이렇게 갑작스레 석방이라니. 도통 이해할 수 없는 처사였다.

겨우 정신을 수습한 백무결이 어처구니없다는 얼굴로 물었다.

"석방의 이유가 무엇입니까?"

물론 간수의 입에서 제대로 된 이유는 나오지 않았다.

"중죄를 지어 놓고 석방이면 감사하다고 할 일이지, 이유는 왜 묻나?"

대답은 그렇게 했지만, 백무결이 묻는 순간 간수의 얼굴에 잠시 동안 난감한 표정이 스쳤다. 백무결은 그 표정을 통해 간수도 이유를 모른다는 것을 알 수 있었다.

어쨌든 파옥을 생각하고 있었는데 석방이라니, 잘된 일이었다.

"예, 감사합니다."

백무결은 간수의 말대로 얼른 인사를 하고는 앞을 막고 있던 창살의 문을 빠져나왔다.

석방의 이유는 감옥 건물을 나서는 순간 알 수 있었다.

"잘 지냈나?"

피식 웃으며 인사를 건네는 낯익은 얼굴. 백무결의 얼굴에 다시 한 번 멍한 표정이 떠올랐다. 석방의 이유는 어떻게든 알겠지만, 지금 저 얼굴을 여기에서 보는 것은 또다시 이해가 되지 않았다.

"뭘 그리 멍하니 있나?"

두 번째로 건네는 말에 백무결이 화들짝 놀란 표정으로 물었다.

"자네가 어떻게 여기에 있는 건가?"

"일단 가세. 가면서 이야기하세."

담기령이 다시 한 번 피식 웃으며 말했다. 그리고 그 옆에 있던 담기명이 정중하게 포권을 하며 인사를 건넸다.

"그동안 잘 지내셨습니까, 무결 형님."

그제야 완전히 정신을 차린 백무결이 씩 웃으며 농담을 건넸다.

"지금 이 꼴이 잘 지낸 걸로 보이느냐?"

"하하, 그렇기는 하네요. 객잔을 잡아 놓았으니 가서 씻으시고 식사도 좀 하시지요."

"그러세. 어? 이 친구야, 같이 가자고!"

담기명과 인사를 하는 사이 저만치 앞서 걷는 담기령을 향해 백무결이 얼른 뒤를 쫓으며 외쳤다.

"후, 이제 좀 살 것 같군."

백무결이 긴 한숨을 내쉬며 환한 얼굴로 말했다.

한 달이라는 시간을 옥중에서 보낸 백무결이었다. 단순히 갇혀 있던 게 아니라 긴 시간 고신까지 당한 탓에 몰골이 말이 아니었다. 그 탓에 객잔에 들어설 때 주인과 심각하게 실랑이를 벌일 정도였다.

어쨌든 그 탓에 백무결이 가장 먼저 한 것은, 객잔의 방

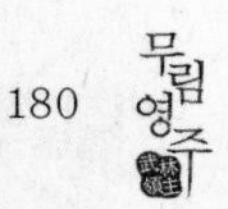

안에 마련되어 있는 목욕통에서 몸을 씻는 것이었다.

말쑥하게 변한 백무결이 개운한 표정으로 자리에 앉았다. 하지만 감옥 안에서의 박한 음식 탓인지 얼굴이 꽤 야위어져 있었다. 담기령이 음식을 권하며 말했다.

"고생했네. 일단 들게나."

탁자 위에는 백무결이 즐기는 음식들로 과하지 않으면서도 충분히 푸짐하게 차려져 있었다.

백무결이 사양하지 않고 젓가락을 집으며 말했다.

"하, 내가 좋아하는 음식들을 아직 기억하고 있었나?"

절왜관에서 함께 지내며 친해진 두 사람이었다. 서로의 식성 정도는 충분히 꿰고 있었다.

담기령이 고개를 끄덕이며 백무결을 재촉했다.

"얼른 먹게. 할 일이 있지 않은가?"

"아, 그렇지. 자네들은?"

"우리는 이미 아침을 먹었으니 자네만 들게나."

"그럼 사양 않겠네."

백무결이 젓가락을 바쁘게 놀리기 시작했다. 그 모습을 보며 담기령이 입을 열었다.

"먹는 동안 자세가 궁금해하는 이야기를 해 주겠네. 우리가 여기 어떻게 왔는지가 제일 궁금하지 않은가?"

입안에 음식이 가득한 탓에 백무결은 대답 대신 고개만

주억거렸다.

"실은 무림맹을 찾아가는 길이라네. 자네도 무림맹에 몸을 의탁하고 있으니 대충은 알고 있을 걸세. 중원 전역에 유황을 밀거래하고 있는 그 흑막에 대한 일 말일세. 무림맹에서도 그 흑막을 추적하고 있지만, 우리 역시 오왕부와 함께 그 일을 조사하고 있었다네. 그리고 이번에 무림맹과 이야기를 좀 해 보아야 할 것 같아서 가던 길이었네."

어느 정도 배가 찼는지 백무결이 음식을 먹는 속도를 늦추며 물었다.

"그런데 나는 어떻게 찾은 건가? 아, 아니, 그보다 날 찾아온 이유는 또 뭔가? 단순히 내가 갇혀 있어서 그런 건 아닐 텐데?"

서로에 대해 너무 잘 알고 있는 두 사람이었다.

백무결에게 감옥에서 몸을 빼는 것 정도는 손바닥을 뒤집는 것만큼이나 쉬운 일이었다. 그럼에도 지금까지 갇혀 있던 것은 필요에 의해서였다. 아무리 사정을 모른다 해도 담기령이 그 정도도 파악하지 못할 리가 없었다.

그런데도 굳이 이곳에 들러 자신을 빼냈다면 뭔가 이유가 있기 때문이리라.

"한 가지씩 대답하겠네. 우선 자네가 이곳에 있다는 건

관부를 통해 알게 되었네. 삼 년 전에 처주부 지부였던 섭 대인은 지금 절강포정사의 우참정으로 계신다네. 자네야 항상 사람들의 이목을 끌고 있으니 관부의 정보망이라면 충분히 위치를 알 수 있었다네. 더군다나 주청의 옥에 갇혀 있었으니 더없이 빨리 소식을 전해 들었지. 자네를 감옥에서 빼낸 건 당연히 섭 우참정의 힘을 좀 빌린 것이고."

"그랬군. 그럼 나를 찾아온 이유는 뭔가?"

"자네 얼굴 좀 빌리러 왔네."

"음, 얼굴?"

"절강성의 이름 없는 세가의 가주가 무림맹주에게 보잔다고 만나 주겠나?"

"아!"

설명을 듣고서야 이해를 한 백무결이 크게 고개를 끄덕였다. 하지만 이내 어깨를 으쓱거리며 되물었다.

"무슨 뜻인지는 알겠네만, 나 같은 사람이 뭐 그리 도움이 되겠나?"

"그거, 겸손인가?"

"하하, 겸손이라니. 내가 해 줄 수 있는 건 맹주인 현산 대사에게 자네를 소개해 주는 정도뿐일세. 하지만 그렇다고 해서 맹주가 흔쾌히 마음을 열지는……."

"그것까지는 걱정 말게. 현 무림맹주가 어떤 사람인지는 대충 알고 있으니까."

의미심장한 담기령의 표정에 백무결도 대충 의미를 이해하고는 고개를 끄덕였다. 그러다 갑자기 뭔가 떠오른 듯 또다시 고개를 갸웃거리며 물었다.

"그런데 내 듣기로는…… 담씨세가와 남궁세가가 꽤 가깝게 지낸다고 들었는데? 나 같은 사람보다는 차라리 남궁 가주가 더 낫지 않나?"

보통이라면 인사치레로 한 번쯤 아니라고 할 만한 말이었지만, 담기령은 망설임 없이 고개를 끄덕였다.

"그건 그렇지."

백무결 역시 그런 일에 섭섭함을 느낄 성격은 아니었다. 그래도 이유는 궁금했다.

"그런데 왜 날 찾아왔나? 자네가 쓸데없이 회포나 풀자고 번거로운 일을 할 성격은 아니지 않은가."

"그렇지. 따로 이유가 있다네."

"뭔가? 단순히 남궁 가주와 무림맹주가 서로 사이가 좋지 않다는 이유만은 아닐 것 같은데?"

"물론 그것도 이유 중 하나이기는 하지. 하지만 그보다는 다른 이유 때문일세."

"그러니까 그게 뭔가?"

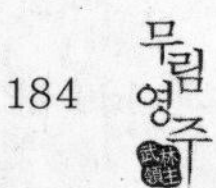

백무결의 재촉에 담기명이 불쑥 끼어들며 말했다.
"이제 속 시원히 말씀 좀 해 보세요, 형님."
담기명 역시 굳이 이렇게 번거로움을 감수할 이유가 무엇인지 궁금하던 참이었다. 여기로 오는 동안 몇 번이고 물어보았지만 담기령이 끝내 말을 해 주지 않아 그 역시 답답하던 참이었다.
이야기를 들은 백무결이 한층 더 호기심 어린 표정으로 담기령을 쳐다보았다.
그런데 그런 반응을 본 담기령이 영 못마땅한 표정을 지으며 말했다.
"표정들이 다들 왜 그래?"
뜬금없는 질문에 백무결과 담기령이 고개를 갸웃거렸다.
"누가 보면 내가 아주 음험한 사람인 줄 알겠군."
확실히 그런 느낌이 있었다. 두 사람은 담기령이 뭔가 아주 대단한 음모를 품고 있다고 기대하는 듯한 얼굴이었다.
백무결이 피식 웃으며 되물었다.
"아, 그거야 뭐, 자네가 평소에 좀 그러지 않았나."
"허!"
담기령이 억울하다는 듯 허탈한 한숨을 뱉었다.
"억울할 거 없네. 타인이 자신을 보는 눈은 평소 자신의 모습에서 기인하는 거니까.”

아주 틀린 말은 아니기에 담기령은 어쩔 수 없다는 듯 어깨를 으쓱거리며 슬쩍 말을 돌렸다.

“뭐, 어쨌든. 사실 그다지 대단한 이유는 없네. 남궁 가주와 함께 가면, 사람들은 절강성 담씨세가를 남궁세가의 하수인쯤으로 인식할 게 아닌가. 무림맹에 처음으로 모습을 보이는 순간인데 그런 인식을 심어 줄 수는 없지. 나중에 담씨세가가 중원 전체에 이름을 알리기 위해서라도 그건 좋지 않아.”

대답을 들은 백무결과 담기명의 얼굴에 약간 실망스러운 듯한 표정이 번졌다.

확실히 대단한 이유는 아니었다. 하지만 아주 큰 그림을 그리고 행동하는 담기령다운 이유이기는 했다.

백무결과 담기명이 고개를 끄덕이고 있는데, 담기령이 말을 더했다.

“그런데 자네가 이곳에 있다는 것을 알게 되면서, 자네를 만나러 와야 할 이유가 하나 더 생겼네.”

“음?”

“이걸 보게.”

담기령이 품에서 한 장의 종이를 꺼내 내밀었다.

“이건?”

종이를 받아 펼친 백무결이 멈칫하며 고개를 갸웃거렸다. 담기령이 내민 것은 백무결도 이미 잘 알고 있는데다 직접 보기도 했던 한 통의 서신이었다. 자신에게 누명을 씌운 문제의 밀고장이었기 때문이다.

"이게 왜?"

"누가 보냈을까?"

백무결이 흠칫하는 표정으로 다시 한 번 서신을 들여다보았다.

새삼스러운 질문이었다. 옥에 갇혀 있을 당시 그도 잠시 생각을 해 보았다. 그래 봐야 나오는 답은 수적들의 배후에 있는 누군가라는 정도였지만.

그런데 지금 담기령이 던진 질문은 그 느낌이 달랐다.

'누가 보냈을까?'

어렴풋이 누구겠거니 하는 정도가 아니라, 특정 인물을 두고 하는 말 같았기 때문이다.

"혹시 누군지 알고 있는 건가?"

백무결의 물음에 담기령이 피식 웃으며 고개를 저었다.

"그럴 리가 있나. 당연히 모르네."

"그런데 왜?"

"이 서신은 실체가 있는 물건이고, 누군가에 의해 전달이 됐단 말일세. 그렇다면 서신이 전해진 흐름을 역으로 쫓아가면 티끌만 한 무언가라도 나오지 않겠나?"

"그렇기는 하겠군. 그래서 어떻게 할 생각인가?"

"자네를 석방시키는 절차를 밟는 동안 내가 미리 좀 알아봤네."

"빠르군."

백무결이 새삼스러운 표정으로 담기령을 보았다. 언제나 일처리가 빠르고 막힘이 없었다. 함께 일을 할 때 가장 믿음직한 부류가 지금 눈앞에 있는 이 친구다 싶은 생각이 든 것이다.

"일단 주청으로 서신을 전달한 사람은 등주 주도에 있는 객잔의 점소이였네. 그리고 점소이는 객잔에 묵은 누군가의 심부름을 받았다고 하더군."

"그럼 그 누군가가?"

"아니, 그렇게 추적이 쉽게 움직이지는 않았을 거야. 그 누군가도 또 부탁을 받았겠지."

"하, 하긴……."

잠시 기대를 했던 백무결이 이내 실망스러운 얼굴로 고개를 끄덕였다. 하지만 담기령의 말은 아직 끝난 게 아니었다.

"다행인 건, 이곳이 등주의 주도(州都)라는 점일세."

"음, 그게 왜?"

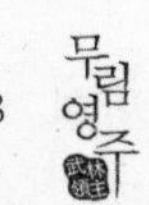

"보통 주도 정도 규모의 지역은 들어갈 때, 그리고 나갈 때 호패(號牌)와 노인(路引)을 확인하고 기록하지 않나."

"아!"

백무결의 얼굴이 환해졌다. 부탁을 받고 서신을 전해 준 사람이 켕기는 것이 있을 리 없었다. 그러니 호패와 노인을 위조하는 짓을 하지 않았을 터. 점소이를 통해 인상착의를 확인하고 묵어 간 날짜를 확인하면 대략이나마 신분이 드러날 것이다.

"추적은 거기서부터 하면 될 걸세."

"그렇군. 그럼 그 사람은 어떻게 쫓을 생각인가?"

"거기서부터는 따로 절강무련에 연락을 보냈네. 이번 일이 절강무련 비선의 진짜 실력을 확인해 볼 수 있는 기회가 될 것 같아."

강한 세력으로 성장하기 위한 필수 조건 중 하나가 바로 정보력이었다. 담기령은 지난 삼 년 동안 독자적인 비선을 키우기 위해 꽤 많은 돈과 노력을 기울여 왔다.

절강무련 결성이 일사천리로 빠르게 진행될 수 있던 데는 그동안 키운 비선의 힘이 꽤 컸다. 하지만 그것은 어디까지나 절강성 내에서의 일.

이번 기회에 절강성을 벗어나 누군지 모르는 인물을 쫓게 되면 확실히 그 실력이 확인될 것이다.

"그렇군. 그럼 기다리기만 하면…… 어? 그런데 자네 지금 절강무련이라고 말했나?"

백무결이 낯선 이름에 고개를 갸웃거렸다. 그가 알고 있던 이름은 처주무련이었기 때문이다. 서로 어느 정도는 신경을 쓰고 있었지만, 백무결은 한 달 동안 옥에 갇혀 있었고 절강무련은 결성된 지 이제 겨우 한 달이 조금 넘은 시간이었다. 모르는 것이 당연한 일인 것이다.

"원래는 처주무련의 비선으로 키웠지만, 이번에 새로 절강무련을 결성하게 됐으니 그들도 그리 불려야지."

"하, 정말 대단하군."

백무결이 진심으로 감탄했다는 듯 고개를 끄덕였다. 절강성 용천현의 작은 세가에 불과했던 담씨세가가 채 사 년이 넘지 않는 시간 동안 절강무림에 군림하게 되었으니, 대단하다는 말밖에 생각나는 것이 없었다.

"그런데 좀 이상한 것이 있다네."

"이상한 점?"

"자네가 옥에 갇혔던 이유가 뭔가?"

"그야 이 밀고장 때문이 아닌가."

"그렇지. 등주 지주가 절차를 생략하고 자네를 가둔 건 바로 이 밀고장을 받자마자 밀고장의 내용대로 일이 벌어진 탓일세. 하지만 그 정도로 무결이, 자네가 오래 갇혀

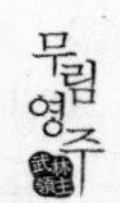

있지는 않을 거란 말이야. 물론, 꽤 오래 그 안에서 참고 있기는 했지만 말일세."

"그랬지."

그때, 담기령이 지금까지의 대화와는 아무런 상관이 없는 말을 꺼냈다.

"그런데 자네, 이제 다 쉬었나?"

"응?"

뜬금없는 말에 고개를 갸웃거리는 백무결을 향해 담기령이 탁자에 내려놓은 젓가락을 가리키며 말했다.

"허기가 가시고 기력이 돌아왔느냔 말일세."

"그야 물론……."

백무결이 고개를 끄덕이기가 무섭게 담기령이 자리에서 일어났다.

"그럼 남은 이야기는 가면서 하세."

"그, 그건 또 무슨 말인가?"

"하세견을 포함한 서하단 전체가 실종됐네."

그 말에 백무결이 황급히 몸을 일으키며 버럭 소리를 질렀다.

"그게 무슨 말인가! 그걸 왜 이제 얘기해!"

"자네가 이럴 걸 알았으니까."

"뭐라고?"

"서하단의 실종에 대해서 이미 조사를 하고 있고, 일단 실종된 지역도 범위를 좁혀 놓았네. 자네가 몸을 쉬고 배를 채우는 시간 정도는 지체해도 된단 말이야."

백무결의 성격을 잘 알고 있기에 일부러 그렇게 조치한 것이었다.

"아무리 그래도 그렇지, 그 중요한 이야기를!"

"기력이 없으면 가서 아무것도 못해. 그리고 급하게 간다고 뭐가 되는 게 아닐세. 괜히 서두르다가 기력만 빠질 뿐이지. 아무튼 이제 가세. 말을 준비하라 일러 놓았네."

백무결이 와락 인상을 찡그리는 사이, 담기령은 이미 객잔 방을 나서고 있었다.

"부단주님, 이제 어떻게 해야 합니까?"

바닥에 주저앉아 벽에 등을 기대고 있던 하세견은 바로 옆에서 들린 목소리에 천천히 기억을 더듬었다.

"곽사성인가?"

"예, 부단주님."

시야가 완전한 암흑이었다. 한 오라기의 실낱같은 빛줄기조차 없는 완벽한 어둠.

온몸의 혈도를 점혈당한 탓에 공력을 돋워 주변을 살필 수도 없었다. 아니, 점혈을 당하지 않았다 해도 어차피 한 줌의 빛도 없다면 볼 수 없는 것은 매한가지.

물론 점혈당하지 않았다면 보이지 않아도 어떻게든 이 암흑을 탈출했을 테지만.

곽사성의 목소리는 불안감으로 가득했다. 하지만 불안하고 답답한 것은 하세견도 매한가지였다. 게다가 오늘 몇 번이나 그에게 날아든 질문.

“나도 그걸 좀 알았으면 좋겠네.”

지금 생각해도 황당한 일이었다.

현재 서하단의 규모는 오백 명가량이었다. 독산 산적들과 등주의 수적들을 상대하면서 죽은 이들과 남겨 두고 온 부상자들을 제외한 숫자였다.

서하단은 항상 바쁘게 움직이기 때문에 스스로 걸음을 걸을 수 없을 정도의 부상자는 인근의 의원에서 치료를 한 후에 뒤따라오도록 하는 방식을 쓰고 있었다.

처음에는 부상자들을 들것에 싣고 함께 움직였지만, 효율성이 떨어지는 것은 물론, 전투가 벌어졌을 때 오히려 그들의 목숨이 더 위험해지는 상황을 몇 번 맞이한 후에 바꾼 것이었다.

어쨌든 오백여 명. 평범한 사람들도 오백 명 정도가 모이면 아주 강력한 위력을 낼 수 있었다. 하물며 서하단은 모두가 최소한의 무공을 익힌 무인 집단이었다.

그런 서하단이 지금 한 명도 빠짐없이 산 채로 잡혀 어딘지 알 수도 없는 곳에 갇혀 있으니, 이해를 하는 것이 오히려 더 이상했다.

귀신에 홀리기라도 한 것인지, 눈을 떠 보니 한 치 앞도 보이지 않는 알 수 없는 장소에 이렇게 갇혀 있었다.

그리고 지금은 죽음을 목전에 둔 것이나 다름없는 상황이었다.

아무리 소리를 질러도 사람 하나 찾아오지 않는 이런 암흑천지에 점혈당한 채 시간만 보내고 있으니, 결국 죽음을 맞이하리라.

"후우!"

하세견은 짧은 한숨을 내쉬며 가만히 생각에 잠겼다.

'알아낼 수 있는 게 아무것도 없으니 이건…….'

엉덩이와 등에 와 닿는, 울퉁불퉁하고 차가운 바위의 느낌. 그리고 습하고 서늘한 공기로 지금 있는 곳이 어딘가의 동굴이라는 정도가 지금 알 수 있는 모든 것이었다.

마혈을 찍혔는지 혼절했다가 정신을 차려 보니 이곳이었다. 혼절해 있는 사이에 며칠이나 지났는지 알 수 없으니,

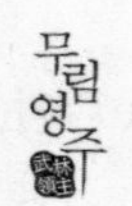

마지막으로 자신들이 있던 곳에서 이 동굴까지의 거리가 얼마나 되는지도 지금으로서는 알 수 없었다.

'이런 문제가 있다니.'

하세견은 서하단의 구성이나 운영이 크게 나쁘지 않다고 여기고 있었다. 무림맹은 서하단을 지원하며 자신들의 이름을 올렸고, 서하단은 그 자금으로 문제없이 운영되었다. 물론, 그 내부적으로 파벌을 나누고 자신들을 끌어들이려 했다가 그것이 잘되지 않으니 이제는 계륵처럼 여기고 있다는 정도는 하세견도 알고 있었다.

하지만 그것은 하세견이 노린 상황이었다. 서하단은 독립성을 유지해야만 자신들의 대의를 실현할 수 있는 세력이었다.

그리고 하세견이 그려 놓은 또 하나의 그림이 있었다. 바로 훗날 서하단이 하나의 방파로 자리를 잡는 것이었다. 그래서 삼 년 전에 명도문으로부터 받아 낸 자금과 지금의 운영자금 중 일부를 따로 떼어 착실하게 모아 놓고 있었다.

지금은 힘들지만 나중에는 충분한 자금이 모일 터. 그때까지 서하단의 명성을 쌓는다면 충분히 하나의 거대 방파로 자리할 수 있으리라 여겼다.

그런데 지금 문제가 생긴 것이다.

서하단은 무림맹의 도움을 받고는 있지만, 그렇다고 무림맹에 완전히 예속된 집단이 아니었다. 즉, 아무런 연고가 없는 독립된 집단이었다. 단원 개개인의 출신 또한 대단하지 않은 편이었다. 큰 세력 출신이 서하단에 몸을 의탁할 일은 없기 때문이었다.

어쨌든 그렇다 보니 힘이 있으면 누구든 서하단을 이런 식으로 취급할 수 있는 빌미를 제공하게 되는 것이었다. 어차피 없어진다 해도 누군가 대대적으로 찾을 리가 없었다.

있다면 오직 하나, 무림맹이 있었다. 하지만 무림맹 내부에서도 계륵처럼 여겨지는 서하단이었다. 무림인들의 눈을 의식해 잠깐 동안 찾는 시늉만 하다가 그만둘 게 분명했다.

'작게나마 완전한 하나의 지역 세력으로 자리할 필요가 있어. 자금이 부족하기는 해도 어떻게든 시작만 하면 되겠지.'

하지만 그런 생각은 갇혀 있는 이곳을 벗어나야만 실행할 수 있는 것들.

'무결이 우리를 찾을 때까지 기다리는 수밖에.'

당장 아무런 방법이 없으니 할 수 있는 것은 기다리는 것뿐이었다.

❖❖❖

"말이 지쳤네. 잠시 쉬어야 해!"

담기령이 입을 꾹 다문 채 죽어라 말을 모는 백무결과 말 머리를 나란히 하며 외쳤다. 담기령이 꽤 큰돈을 들여 준비한 준마였지만, 쉴 새 없는 혹사로 말은 혀를 길게 내민 채 달리고 있었다.

하지만 백무결은 담기령의 말이 들리지 않는다는 듯, 앞만 보며 달렸다.

"이대로 가다가 그 말이 죽기라도 하면 더 늦어질 걸세!"

담기령의 답답한 목소리에 백무결도 그제야 정신이 돌아온 듯 천천히 말고삐를 늦췄다.

"헉, 헉!"

말을 몬다는 것은 어마어마한 체력을 요구하는 일이었다. 게다가 쉴 새 없이 달리기만 했으니 온몸이 땀으로 후줄근해질 정도였다.

"기명아, 네가 이 아이들을 좀 쉬게 해 주어라."

"예, 형님."

담기명이 힘든 표정을 지으면서도 냉큼 다가와 세 마리

말의 고삐를 잡고 이동했다.

백무결이 바닥에 털썩 주저앉고, 담기령이 그 옆에 앉았다.

"후우, 후! 지금 어디로 가는 건가?"

담기령이 숨을 고르며 물었다. 벌써 호흡이 정돈된 담기령에 비해 백무결은 아직도 숨이 가쁜 듯 거친 숨을 몰아쉬었다. 함께 말을 몰기는 했지만, 급한 마음에 죽어라 달리기만 했던 백무결에 비해 담기령은 적당히 완급을 조절한 덕분이었다.

겨우 숨을 고른 백무결이 대답했다.

"하아, 응성, 응성현(應城縣)으로 가는 중일세."

"그럼 마지막으로 확인한 표식은 언제 남겨진 건가?"

"음, 그건 어떻게 알았나?"

"나한테 묻지도 않고 먼저 달려갔으니 서하단만의 표식이 따로 있으리라 생각한 걸세. 내가 아는 건 서하단이 마지막으로 모습을 드러낸 곳이 어디인지, 그리고 사라진 곳이 어디쯤인지 짐작만 하는 정도일세. 하지만 서하단만의 표식이 있으면 좀 더 범위도 좁히고 시간도 정확하게 계산되지 않겠나?"

"여기를 지나간 게 이십 일 전이야."

서하단은 오백여 명에 이르는 커다란 집단이었다. 그 정도 많은 사람들이 함께 움직이면 속도는 더뎌질 수밖에 없었다. 아무리 무인들이라지만 급한 일로 한꺼번에 경공을 펼쳐 달리는 것이 아닌 한, 이동 속도는 무공과 상관이 없었다. 거기에 더해 서하단은 화탄을 실은 수레까지 끌고 움직이고 있었다.

반면, 담기령을 포함한 세 사람은 준마를 타고 쉴 새 없이 달렸다. 그러니 한나절 만에 서하단의 열흘 정도의 이동 거리를 따라잡은 것이었다.

"스무 날?"

백무결이 고개를 끄덕이는 모습을 확인한 담기령은 머릿속으로 대략 시간을 가늠했다.

"흠, 서하단의 모습이 갑자기 보이지 않은 곳은 승천부(承天府)에서 형문부(荊門府)로 향하는 길 중간이고, 그 시기가 닷새쯤 전이야. 나도 자네를 만나러 등주 주도로 가는 길에 들은 소식일세. 거리를 생각하면 대충 시간이 맞겠군."

"그런데 자네가 말했던 것, 그거 이유가 뭔가?"

"음?"

"내가 등주 주청에 오래 붙잡혀 있지 않을 걸 알면서도 그런 짓을 한 이유 말일세."

"서하단을 잡기 위해서가 아닌가 싶네."

"음?"

백무결이 고개를 갸웃거렸다.

"정확하게는 서하단이 들고 움직이는 화탄. 그 화탄을 회수하기 위해서가 아닌가 싶네. 자네가 가진 화탄 하나는 어떤 식으로든 얼버무리는 게 가능하겠지만, 그 정도로 많은 화탄은 달리 방법이 없거든."

"그게 나를 붙잡아 두는 것과 상관이 있나?"

"자네는 등주 지주에게 화탄에 대해 알리고 바로 서하단과 합류할 생각이 아니었나?"

수적들을 상대한 곳이 등주에 속해 있는 지역이기는 했지만, 등주의 주도와 무림맹 총타로 가는 길은 방향이 달랐다. 그 때문에 백무결과 서하단이 따로 움직였다.

"그랬지."

"놈들도 알았던 거지. 자네가 있을 때 서하단이 얼마나 상대하기 껄끄러운지를. 그러니 일단 자네를 떼어 놓고 서하단을 붙잡아 화탄을 회수할 생각이었던 게 아닌가 싶네."

백무결이 천천히 고개를 끄덕였다. 확실히 일리가 있는 추측이었다.

잠시 생각을 정리한 백무결이 혼잣말처럼 중얼거렸다.

"모두들 어떻게 되었을지 걱정이군."

"지금 무림맹 총타로 향한 서하단은 모두 오백 명 정도일세. 그 정도 인원을 한꺼번에 어찌하기는 힘들 게야. 그러니 너무 걱정 말고 찾을 생각부터 하세."

"생각해 둔 거라도 있나?"

백무결이 기대를 품은 표정으로 물었다. 하지만 담기령은 고개를 내저었다.

"일단은 움직이는 수밖에 없지 않나? 어쨌든 오백이나 되는 인원이라면 무언가 흔적이 남아 있을 거야. 그 흔적을 찾는 수밖에. 그러니 지금은 다시 달리기 위해 좀 더 쉬어 두게나."

담기령이 아까 말안장에서 떼어 낸 두 개의 주머니를 내밀며 말했다. 달리는 동안 먹기 위해 준비해 온 건량과 물이었다.

백무결이 굳은 표정으로 고개를 끄덕이며 주머니를 받아 들었다.

"형님."

그때, 말들에게 풀을 먹이러 갔던 담기명이 세 마리 말을 끌고 돌아왔다. 그와 동시에 백무결이 벌떡 몸을 일으켰다.

하지만 담기령이 급히 백무결을 잡아 앉히며 말했다.

"쉬라니까. 저 녀석들도 아직 좀 더 쉬어야 해."

"아, 알았네."

정색을 하는 담기령의 말에 백무결이 멋쩍은 표정으로 다시 자리에 앉았다.

그리고 세 사람이 다시 말을 달리기 시작한 것은 한 식경이 더 지난 후였다.

7장
서하단의 실종, 그리고 뜻밖의 조우

"워워!"

히이이잉!

백무결이 갑자기 고삐를 잡아당기는 통에 그를 태우고 있던 말이 비명을 지르며 발을 멈췄다.

미친 듯이 달리던 백무결이 갑자기 멈추는 탓에, 그를 지나친 후에야 뒤늦게 말을 세운 담기령과 담기명이 어리둥절한 표정으로 말 머리를 돌려 다가왔다.

"왜 그러나?"

백무결의 얼굴에 떠오른 불안한 표정을 확인한 담기령이 걱정스러운 목소리로 물었다.

"이상한데?"

"뭐가?"

"표식이 없어."

"음?"

어제 밤늦게까지 말을 달린 세 사람은 열여드레 전에 남겨진 서하단의 표식을 확인했다.

그랬기에 담기령이 의구심 가득한 얼굴로 물었다.

"아침에 확인한 표식이 열이레 전의 것이었던가?"

"그랬지."

"그리고 지금까지 표식이 없었다고?"

"그렇다네."

앞뒤가 맞지 않았다. 서하단이 실종된 시기는 닷새 전이었고, 위치도 이곳보다 한참을 더 가야 했다. 그랬기에 담기령의 예상으로는 내일 오전 중으로 도착할 거라 생각했다.

그런데 열이레 전의 표식 이후 표식이 남아 있지 않다는 것은 말이 되지 않았다.

"혹시 놓친 건 아닌가?"

백무결이 천천히 고개를 저었다.

"아까부터 내가 속도를 좀 늦추지 않았던가."

"그랬지."

"표식이 보이지 않아서 혹시나 싶어 천천히 달린 거였네. 그사이 표식을 남겼으면 세 번 정도는 보았어야 하는데, 한 번도 보지 못했네."

꼼꼼한 성격의 하세견이 세 번이나 그것을 잊을 리 없었다. 그런데도 표식이 남아 있지 않다는 것은, 표식을 남길 수 있는 상황이 아니었다는 의미. 담기령은 이런저런 가정을 끌어다 생각을 해 보았지만 딱히 떠오르는 것이 없었다.

"승천부까지 가는 동안 서하단이 다른 일을 했다는 소식은 없었네. 그러니 표식을 남기지 못할 상황은 아니었을 텐데?"

담기령의 말에 백무결이 얼굴에 한층 더 짙은 의혹을 드러내며 말했다.

"그러니 이상하다는 거지."

"아, 잠깐!"

담기령이 갑자기 흠칫한 표정으로 손을 들었다. 그리고 백무결과 담기명이 궁금한 표정으로 뭐라 물으려는 순간, 입을 열었다.

"사실 좀 이상한 것이 있었는데……."

"무엇이 이상하다는 말인가?"

"자네가 한 달이나 옥에 갇혀 있던 것은 놈들이 예상하지 못했을 거란 말일세."

"그렇겠지."

"그런데 정작 서하단이 실종된 것은 닷새 전일세. 만약 자네가 한 달이나 갇혀 있지 않았다면 벌써 서하단과 합류했을 시간이란 말이야."

"그게 뭐가 이상하다는…… 아!"

백무결도 뭔가 생각나는 것이 있는 듯 아차 하는 표정을 지었다.

하지만 두 사람 사이에 끼어 있는 담기명은 여전히 이해를 못한 얼굴로 물었다.

"왜 그러세요? 뭐, 짐작 가는 거라도 있습니까?"

담기령이 아직은 확신이 서지 않는 표정으로 고개를 끄덕이며 말했다.

"가짜인 것 같구나."

"가짜라니요?"

"승천부에 나타났던 서하단이 가짜일 수도 있다는 말이다. 어쩌면 이 인근이 서하단이 실종된 장소일 수도 있다."

"그게 무슨 말입니까?"

여전히 이해를 못한 담기명을 향해 이번에는 백무결이 대답했다.

"우리 서하단이 무림에 이름을 알리고는 있지만, 그 개개인이 누구인지 정확하게 아는 사람은 드물다. 즉, 오백여 명의 무인이 우리가 서하단이라고 말을 하고 돌아다니면 사람들은 그들을 서하단으로 인식할 거라는 말이지."

"아, 그럼 놈들은 서하단이 실종된 장소가 이 인근이라는 걸 숨기기 위해 가짜를 동원했다는 말입니까?"

"아무래도 그런 것 같다. 그리고 열이레 전이라면 아직 내가 합류하지 않을 가능성이 높으니……."

관청에서의 죄인을 다루는 절차 등을 생각하면, 잡혔다가 풀려나는 데 최소한 보름 이상의 시간은 필요했다. 누군지는 모르지만 만약 일을 벌인 자들이 열이레 전에 서하단을 노렸다면, 대략적으로 시간이 맞아떨어지는 셈이었다.

담기명이 작은 목소리로 중얼거리듯 말했다.

"만약 소문으로 알려진 서하단의 실종 장소까지 가서 조사를 했다면?"

"절대 흔적을 찾지 못했겠지."

담기령의 대답에 담기명이 길게 한숨을 내쉬며 말했다.

"후우, 서하단이 표식을 만들어 사용한 것을 놈들은 몰랐던 모양입니다. 우리로서는 천만다행한 일이군요."

백무결이 고개를 끄덕였다.

"우리는 제대로 된 방파 조직이 아니니 그런 것이 있을 거라고 생각지 못한 모양이군. 아무튼 이제 되돌아가야 하지 않겠나?"

담기령이 혹시나 하는 표정으로 고개를 저었다.

"일단 좀 더 앞으로 가면서 혹시나 표식이 있는지 확인부터 해 보세. 그런 다음에 되돌아가도 늦지 않아. 말을 달린다면 오후쯤에는 충분히 돌아갈 수 있어."

"시간이 없으니 뭐든 확실하게 해 두고 움직이는 게 낫겠지. 알았네. 다시 가세."

서하단이 이동한 것으로 알려진 길을 따라 표식의 여부를 확인한 후, 더 이상 표식을 발견하지 못하고 길을 되돌아 마지막 표식을 확인한 곳에 도착했을 때는 하늘 높이 태양이 걸린 시간이었다.

"여기가 마지막으로 확인한 곳일세."

백무결의 말에 담기령은 오늘 움직인 길을 꼼꼼하게 머릿속에 그려 보았다.

"갈림길은 없었네."

갈림길은 물론이고, 혹시나 숨겨져 있을지도 모르는 작은 샛길까지 샅샅이 뒤지며 여기까지 왔다. 하지만 옆으로 빠지는 길은 찾지 못했다.

억지로 갈라지는 곳을 찾는다고 한다면, 길과 인근 위치에 있는 작은 마을로 빠지는 길 두 개 정도였다. 하지만 그렇게 옆으로 빠지는 길은 마을을 통과해 다시 지금의 관도와 합쳐졌다. 게다가 그 두 마을 역시 일일이 들러 표식을 찾아보고 마을 사람들에게 물어보기도 했다.

"그렇다면 길이 갈렸을 가능성도 없군."

적은 인원이라면 길이 없다 해도 옆으로 빠졌을 가능성이 있었다. 하지만 수레까지 끌고 움직이는 오백 명의 인원이었으니 일단 그런 가능성은 배제해도 좋았다.

머릿속에 지금까지의 상황을 정리한 담기령이 차분한 표정으로 말했다.

"두 사람 모두 알다시피 이럴 때는 최악의 상황을 가정하고 움직여야 해. 무결이 자네에게는 가슴 아픈 얘기겠지만 서하단 전원이 죽임을 당했을 수도 있다고 생각해야 된다네."

백무결이 이를 악문 채 고개를 끄덕였다. 그는 앞뒤를 재며 움직이는 이성적인 성격은 아니었지만, 그렇다고 냉정함이 필요한 순간에 과한 흥분으로 일을 망치는 정도도 아니었다.

"계속 이야기를 하게."

"길을 따라 오백 명이 움직인다는 건 아주 긴 행렬이 만들어지지. 길의 폭이 있으니 나란히 다섯 명이 걸어간다 해도 행렬은 꽤 길어져. 앞사람과 뒷사람의 간격을 최소한 삼 척 정도로 쳐도, 서하단 행렬의 길이는 최소 삼십 장일세. 하지만 서하단은 병사들이 아니니 그 정도로 간격을 맞추며 움직이지는 않았을 터. 대략 사오십 장 정도로 봐야겠지."

백무결이 고개를 끄덕였다.

"대략 그 정도 될 걸세. 서하단이 이 정도 길을 움직일 때 행렬이 그 정도 길이니까."

"그렇다면 길을 가는 서하단을 한 명도 남김없이 사로잡거나 몰살시키려면 동등한 수준의 무인이 최소한 다섯 배는 필요하겠지?"

단순히 포위를 하거나 전투에서 이기기 위해서라면 두 배 정도로 잡았을 것이다. 하지만 지금 가정해야 할 것은 단 한 명도 놓치지 않는다는 점이었다. 그러기 위해서는 최소한 다섯 배는 필요했다.

담기명이 깜짝 놀라 되물었다.

"이천오백 명이요?"

기겁할 만한 숫자였다. 하지만 담기령은 고개를 저었다.

"너무 과하게 많아. 분산해서 이동한 후에 한곳에 집결한다 해도 사람들의 이목을 피할 수 없어."

"그럼 어떻게?"
"기명아."
"예, 형님."
"오늘 이동한 길에 오백 명을 포위할 만한 장소가 있었느냐?"
담기명이 멍한 얼굴로 기억을 더듬었다.
"으음……. 두 군데요."
담기령의 시선이 백무결에게로 향했다.
"음, 내 기억에도 두 군데 정도 되는 것 같군."
"내 기억도 마찬가지일세. 그럼 표식이 있어야 할 위치 이전에 그 둘 중 하나가 있나?"
"한 군데 있네."
"일단 그곳을 확인해 보세. 아, 그런데……."
백무결이 말이 끝나기가 무섭게 말에 올라타려는데 담기령이 그를 불러 세웠다.
"왜 그러나?"
"일단은 가능성이 높은 곳을 먼저 뒤져 보는 것뿐일세. 어쩌면 거기가 아닐 수도 있으니 확신을 가지고 움직이면 안 된단 말일세. 그러니 가는 길에 혹시나 그게 가능한 곳이 있을지 한 번 더 생각해 보게."
"아, 알았네."

"이 정도면 포위하는 게 가능하겠군."

담기령이 주변을 살피며 중얼거렸다.

많은 수의 사람을 한꺼번에 포위하고 위협하기 위해서 흔히 사용하는 장소는 협곡과 같은 지형이다. 깎아지른 듯한 솟은 협곡의 벽이거나 발 디딜 곳이 없는 낭떠러지 사이에 있어 좌우로 빠져나갈 길이 없고, 입구와 출구만 막으면 그 안에 많은 인원을 가둘 수 있기 때문에 군에서 전술을 짜는 데 즐겨 사용하는 지형이었다.

지금 세 사람이 서 있는 곳은 두 개의 언던 사이를 지나가는 길이었다. 길이는 대략 육칠십 장 정도 되었고, 폭은 장정 너댓 명이 어깨를 나란히 하고 걸을 수 있을 정도였다.

"하지만……."

담기령이 고개를 갸웃거리며 말꼬리를 흐렸다.

가만히 있지 못하고 눈으로 주변을 살피던 백무결이 담기령에게 고개를 돌리며 물었다.

"왜? 뭐 이상한 점이라도 있나?"

"아, 아닐세. 일단 찾아보세."

담기령이 도리질을 치며 백무결과 담기명의 등을 떠밀었다. 백무결과 담기명이 각각 언덕 사잇길의 입구와 출구

쪽을 향해 달렸고, 담기령은 재빨리 언덕 위로 뛰어 올라갔다.

"으음……."

이런 지형에서 포위를 할 때 가장 좋은 배치는 앞뒤의 입구와 출구를 막는 것이 첫 번째였다. 군의 방식으로 본다면 도검이나 창을 든 보병이 첫 번째 대열을 막고, 그 뒤를 둥글게 궁병들을 배치한다. 마찬가지로 언덕 위쪽에는 길 아래에서 잘 보이도록 횡으로 궁병들을 배치시켜 아래를 겨누도록 만드는 것이었다.

그럴 경우, 포위당한 쪽은 심리적으로 강한 압박을 받기 때문에 싸움보다는 항복을 택하는 경우가 많았다.

"이 정도 지형이면 대략 천오백 명 정도로 일을 벌일 수 있을 것 같긴 한데……."

담기령은 좀 더 시선을 멀리로 옮기며 두 개의 언덕 바깥쪽을 살폈다.

동쪽의 언덕 너머에는 가파른 비탈이 이어져 높은 산이 솟아 있었고, 서쪽의 언덕 너머에는 논밭이 넓게 펼쳐져 있었다.

"역시 이곳은……."

담기령이 애매한 표정으로 고개를 내저었다. 아무래도 이곳은 아닌 것 같다는 느낌이 든 탓이었다.

하지만 어쩌면 아직 살아 있을지도 모르는 서하단 단원들의 목숨이 달려 있으니 섣부른 결론은 금물이었다.

"후우!"

담기령은 호흡을 가다듬으며 머릿속의 부정적인 생각을 얼른 지워 냈다. 괜한 선입견으로 보아야 할 것을 보지 못할 경우를 피하기 위해서였다.

'천오백 명이면…….'

그 정도 인원이라면 어떤 식으로든 흔적을 남길 수밖에 없었다. 아무리 지운다 해도 완벽하게 지울 수 없는 법.

담기령은 잔뜩 허리를 굽힌 채 땅을 살피며 조심스레 걸음을 옮겼다. 백무결과 담기명 역시 길 앞뒤에서부터 시작해 샅샅이 땅이나 잡목 등을 훑으며 흔적을 찾았다.

그렇게 한 시진가량이 흘렀다. 세 사람은 길을 따라 움직이는 행인들의 묘한 시선을 받으면서도 묵묵히 조사에만 집중했다.

"찾은 건 좀 있나?"

담기령의 물음에 백무결이 미간을 잔뜩 찡그리며 고개를 내저었다.

"역시 그렇군."

담기령의 말에 백무결이 멈칫하며 고개를 외로 꼬았다.

"역시…… 라고 하는 건 무슨 말인가?"

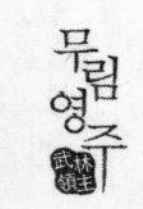

뭔가 알고 있었다는 듯한 말에 담기령이 좌우의 언덕을 가리키며 말했다.

"저쪽은 비탈이 너무 가파르고, 반대쪽은 논밭이 있으니 흔적이 안 남을 수 없어. 그러니 길 바깥으로는 빠져나갈 수 없네. 그렇다고 길을 따라 움직이면 사람들의 이목을 피할 수 없다네."

"그럼 왜 미리 말을 안 했나?"

"선입견을 없애려고 그런 걸세. 지금은 작은 실수도 용납 되지 않는 상황이 아닌가."

"그렇긴 하지. 그런데 여기가 아니면…… 어디를 찾아봐야 하는 건가?"

백무결이 힘겨운 표정으로 물었다. 여기서 단서를 찾지 못한 게 문제가 아니었다. 이곳 외에 가능성 있는 곳이 없다는 게 문제였다.

"흐음……."

담기령이라고 뾰족한 수가 있는 건 아니었다. 그렇다고 포기할 수는 없는 법. 잠시 고민하던 담기령이 백무결을 향해 물었다.

"마지막 표식이 있던 곳과 다음 표식이 있어야 할 곳 사이에 또 뭐가 있나?"

"뭐가 있냐는 건…… 무엇을 말하는 건가?"

"그 사이에 있는 건 뭐든지. 특별한 지형이나 그냥 자네 느낌에 신경이 쓰이는 곳이라든가."

"글쎄? 마을이 두 개 정도 있었고, 또……."

백무결이 오늘 오간 길의 좌우 풍경들을 떠올리며 손으로 꼽아 보았다. 그때, 담기령이 갑자기 손을 휘저으며 끼어들었다.

"아, 아닐세. 그러지 말고 아예 천천히 움직이면서 찾아보세. 지금으로서는 그 방법 외에는 없을 것 같으니."

"그게 나을 수도 있겠군."

"어디 보자. 저쪽으로 가던 길에 마을이 하나 있었고 뒤쪽에 마을이 하나 있었으니까…… 무결이 자네가 저 앞쪽부터 조사를 하고, 기명이 너는 시작했던 곳부터, 나는 이곳을 중심으로 조사를 하는 걸로 하지. 이제 좀 있으면 어두워질 테니, 해가 떨어지면 앞쪽에 있는 마을에서 만나는 게 좋겠네."

"그리하도록 하지."

"안에 사람이 없소!"

쾅쾅쾅!

담기령이 굳게 닫힌 문을 두드리며 큰 소리로 외쳤다. 하지만 안에서는 아무런 기척도 들리지 않았다.

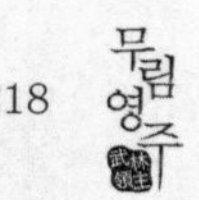

"아무래도 망한 객잔인 모양입니다. 그냥 마을 민가에 돈을 주고 하룻밤 묵게 해 달라고 할 수밖에 없겠는데요?"

뒤에 서 있던 담기명의 말에 백무결이 고개를 끄덕이며 동조했다.

"내 생각에도 그러네. 이 작은 마을에 이렇게 큰 객잔이라니, 말이 안 되지. 관도를 따라 지나가는 사람이 많기야 하겠지만, 사람이 묵을 만한 위치가 아니야."

큰 저잣거리가 있는, 규모 있는 두 도회(都會)의 딱 중간쯤에 자리한 마을이었다. 길을 떠난 사람이 출발을 하면 점심나절에 도착할 만한 위치였다. 허기진 배를 달래기 위해 잠깐 들른다면 모를까, 잠을 청하기에는 애매했다.

굳이 사람이 묵는다면, 길을 재촉하다 잠을 잘 곳을 놓친 사람들이 가끔 묵을 정도의 위치였다. 그런 곳에 마을 규모에 전혀 어울리지 않는 커다란 객잔이 있으니 망하지 않는 게 오히려 이상했다.

하지만 담기령은 뭔가 찜찜한 표정으로 고개를 갸웃거렸다. 그 모습이 이상하다고 느낀 백무결이 조심스레 물었다.

"왜 그러나?"

돌아선 담기령이 뒤쪽의 객잔을 가리키며 말했다.

"한 번 자세히 살펴보게."

"보는 거야 자네가 문을 두드리는 동안 계속 보지 않았나?"

"여기 올라서는 축대와 난간, 저 좌우의 창까지. 과연 이게 망한 객잔의 외관인가?"

"음?"

백무결이 조용히 눈길을 돌려 담기령이 말한 곳을 살폈다. 망해서 장사를 하지 않는 객잔치고는 아주 깨끗한 편이었다.

"최근에 망한 모양이지."

"그렇게 생각하기에는 건물이 좀 오래되었단 말일세. 저기 군데군데 보수하거나 증축한 흔적도 있다네."

"그건 또 그렇군."

하지만 아무리 두드려도 사람이 나오지 않는 것은 분명한 사실이었다. 담기령은 특별히 잠자리를 가리는 편은 아니었지만, 생전 본 적이 없는 낯선 집에 가서 하룻밤 묵게 해 달라 청하는 것이 불편하기에 조금은 아쉬운 마음이었다.

게다가 규모가 작은 마을인 탓에 세워져 있는 집들 또한 대부분 한 식구가 겨우 기거할 정도의 크기였다. 과연 객을 맞이할 방이 있는 집이 있을지조차 의문스러운 정도. 하지만 노숙을 할 준비를 해 놓지 않았으니 어쩔 수 없었다.

백무결도 비슷한 생각을 했는지 먼저 앞장서며 말했다.

"마을 촌장을 찾아가서 물어보는 게 좋겠네. 서하단도 어쩔 수 없는 상황이 되면 그런 식으로 하룻밤 잘 곳을 찾았으니까."

물론 서하단의 경우에는 묵을 수 있는 민가를 찾은 것이 아니라 마을 인근에 있는 이슬을 피할 수 있는 장소를 물어본 것이었지만.

"어르신, 말씀 좀 묻겠습니다."

때마침 바쁜 걸음으로 어디론가 향하던 노인을 발견한 백무결이 재빨리 다가가며 말을 걸었다.

"뉘시오?"

"저희 일행이 길을 가다가 어쩔 수 없이 오늘 이곳에서 하룻밤을 묵어야 할 것 같습니다. 헌데 이 객잔은 장사를 하지 않는 듯해서 마을 촌장 어른께 물어보려고 합니다. 촌장을 찾아가려면 어떻게 가야 하는지요?"

백무결의 정중한 물음에 노인이 마을의 중심을 관통하듯 나 있는 길 끝을 가리키며 말했다.

"저기, 저기 저 끝에 있는 집이 촌장 집일세."

"감사합니다."

백무결이 포권을 하며 인사하는 사이, 노인은 손사래를

치며 가던 걸음을 재촉했다.

"가세."

앞장서 걷는 백무결의 뒤로 담기령이 걷고, 가장 뒤에서 담기명이 세 마리 말의 고삐를 쥐고 따라왔다.

그런데 담기령이 계속 고개를 갸웃거리며 주변을 두리번거렸다.

"왜 그러십니까?"

그 모습을 이상하게 여긴 담기명이 물었지만, 담기령은 대답 없이 골똘히 생각에 잠겼다.

그사이, 세 사람은 아까 노인이 가르쳐 주었던 마을 촌장의 집 앞에 도착했다.

"계십……."

백무결이 문 앞에서 큰 소리로 주인을 부르려는 찰나.

"잠깐!"

갑자기 담기령이 불쑥 앞으로 나서며 백무결의 어깨를 잡아 당겼다.

"어어! 왜, 왜 이러나?"

"기다려 보게."

백무결은 영문을 모르겠다는 얼굴로 담기령을 보았다. 하지만 담기령이 아무런 이유도 없이 이런 행동을 하지 않는다는 것을 잘 알기에 일단 입을 닫았다.

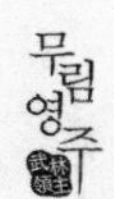

"기명아."

담기령의 손짓에 담기명이 가까이 다가왔다.

"지금부터 아주 조용히 말에 올라 낮에 조사했던 언덕이 있는 곳으로 달려."

"이유나 좀 말해 보…… 음?"

다시 질문을 던지던 백무결이 갑자기 멈칫하며 사방을 두리번거렸다.

"형님!"

담기명 역시 깜짝 놀라 허리춤에 찬 대도의 도파를 움켜쥐었다.

하지만 담기령은 다른 반응을 보였다.

"일단 따라와!"

버럭 소리를 지르는 동시에 훌쩍 안장 위로 뛰어오른 것이다.

"응? 어어!"

"예? 가, 같이 가요!"

백무결과 담기명이 깜짝 놀라 말에 오르고, 그와 동시에 세 마리 말이 긴 울음소리를 흘리며 달리기 시작했다.

두두두!

요란한 말발굽 소리가 고요하던 마을 안을 헤집어 놓았다. 그와 동시에 마을 안에서 생각지도 못한 외침이 터져 나왔다.

"쫓아라! 놈들을 잡아!"

"말을 꺼내 와라!"

"빨리 움직여!"

요란한 외침이 묵직하게 가라앉아 있던 밤공기를 뒤흔들었다.

"도, 도대체 이게 무슨 상황입니까!"

담기명이 도저히 참지 못하겠다는 듯 담기령과 말 머리를 나란히 하며 외쳐 물었다. 하지만 담기령은 정면을 향해 손짓을 하며 계속 달리라는 신호만을 보낼 뿐이었다.

담기명이 슬쩍 뒤를 돌아보니, 마을 곳곳에 홰가 밝혀지고 생각지도 못한 많은 사람들이 이쪽을 향해 달려오는 모습이 보였다.

그사이, 담기령이 두 사람을 향해 외쳤다.

"저들의 모습이 보이지 않게 되면 신호를 할 테니, 말을 버리고 숲으로 들어가!"

"예!"

"알았네! 어서 가세!"

"저쪽이다!"

"저쪽에 먼지가 피어올라!"

건장한 준마에 탄 이십여 명의 사내들이 큰 소리로 외치며 길을 달리고 있었다.

그리고 담기령 일행은 그 길 옆으로 난 숲 속에 몸을 숨긴 채 그 광경을 지켜보았다.

"운이 좋으면 오늘 밤 동안은 들키지 않을 수도 있겠군."

이십여 인마가 지나간 후, 담기령이 천천히 숨을 가라앉히며 말했다.

"도대체 어떻게 안 건가?"

백무결이 아까의 상황을 떠올리며 물었다. 촌장을 부르려 할 때, 담기령이 갑자기 자신을 막았기 때문이다.

"낮에 물어보러 왔을 때는 몰랐는데, 저녁에 보니 뭔가 이상하더란 말이야."

"뭐가?"

"너무 조용했어."

"아, 그러고 보니!"

백무결도 그제야 이해를 한 듯 탄성을 터트리며 고개를 주억거렸다.

마을이 있고 집이 있으면 그 집에는 적든 많든 가족이 살고 있을 터였다. 그 가족을 구성하는 이는 장정도 있을 것이고, 노인은 물론 부녀자나 아이들까지 다양할 것이다.

그런데 그 마을의 집들은 마치 약속이라도 한 듯 하나같이 조용했다. 아무리 다양한 성향의 가족들이 있다 해도 한두 집 정도는 아이가 있어 요란할 것이고, 또 한두 군데는 싸우거나 혹은 큰 소리로 떠들며 웃거나 할 것이다. 그런데 마을에서는 그런 집들을 찾아볼 수가 없었다. 심지어 아직 잠자리에 들기에는 꽤 이른 시간인데도 집 안의 불을 꺼 놓은 곳도 있었다.

담기령의 설명이 이어졌다.

"그때 번뜩 든 생각이 아까 그 커다란 객잔이었네."

"객잔?"

"낮에 마을에서 서하단에 대해 물어봤을 때, 마을 사람들은 길을 따라 걷는 걸 보았다고 말한 게 전부였다. 그런데 마을 분위기가 이상하다고 생각하게 되니, 그 말이 거짓말이 아닌가 싶은 생각이 들더군. 그리고 혹시 서하단이 그 객잔에서 묵었던 건 아닐까 하는 생각까지."

"흡!"

백무결이 흠칫한 표정으로 헛바람을 들이켰다.

"그렇다면……."

"만약 저 마을 사람 모두가 수적들과 관계가 있는 자들이라면, 무슨 이유든 만들어 서하단을 객잔에 묵게 하고 약을 타거나 기습하는 게 가능하지 않겠나?"

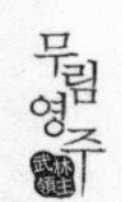

"그렇군. 그게 가능하면 굳이 많은 인원으로 포위를 할 필요가 없어. 게다가 마을에서 단원들을 사로잡았다면, 사람들의 이목을 피하는 것도 충분히 가능해."

"그래, 나도 거기까지 생각했던 걸세."

"그러면 저 마을에?"

백무결이 두 눈을 가늘게 좁히며 물었다.

"어쩌면 저 마을이 그 수적패의 배후와 관계가 있을 수도 있다는 말일세. 그리고 그 배후는 처주무련과 오왕부가 찾고 있는, '도주'라 불리는 사람일 가능성도 크다네."

"그럼 지금부터 어떻게 할 생각인가?"

백무결의 물음에 담기령이 당연한 걸 묻는다는 듯 시큰둥한 목소리로 말했다.

"어쩌긴. 놈들을 쳐야지."

8장

하가촌

"음……."

담기령은 팔짱을 낀 채 바닥에 주저앉아 옅은 침음성을 흘렸다. 그 뒤로 담기명이 차분한 표정으로 앉아 있는 반면, 백무결은 조급한 표정으로 연신 마른침을 삼키며 담기령과 저 멀리 보이는 문제의 마을을 번갈아 보았다.

그렇게 꽤 시간이 흘렀음에도 담기령은 좀처럼 움직일 기미가 보이지 않았다. 결국 답답함을 참지 못한 백무결이 담기명을 향해 나지막한 목소리로 말했다.

"자네가 저 친구한테 뭐라고 말 좀 해 보게."

하지만 담기명은 지금껏 단 한 번도 형의 일 처리에 토를 달아 본 적이 없었다.

"조금만 더 기다려 보십시오."

"기다리긴 뭘 기다려? 단원들이 사로잡힌 지 보름이 넘었네. 한시라도 빨리 구해야 한단 말일세."

"형님이 그걸 모르시겠습니까? 다 이유가 있겠지요."

자신의 급한 마음과 달리 느긋하기만 한 형제의 모습에 백무결은 속에서 불이 치솟는 기분이었다.

물론 백무결도 직접 담기령에게 빨리 움직여야 한다고 재촉을 해 봤다. 하지만 잠시만 더 기다리라는 말만 할 뿐, 도무지 움직일 생각을 않기에 담기명에게 부탁한 것이었다.

그때, 담기명이 자리에서 일어났다.

"마, 말해 보려고?"

"예? 방금 기다리자고 말씀드렸잖습니까? 오래 앉아 있었더니 몸이 찌뿌듯해서요. 무결 형님도 너무 조급해하지 마시고 느긋하게 기다려 보십시오."

그러고는 허리춤의 칼을 뽑아 들었다. 담기령의 창월을 그대로 본떠 만든, 이제는 담씨세가의 독문 병기가 된 담월도였다. 물론, 그 이름은 담기령, 담기명 두 형제의 아버지 담고성이 지은 것이었다.

"후읍!"

호흡을 가다듬은 담기명이 천천히 자세를 잡는가 싶더니, 이내 세차게 칼을 휘두르기 시작했다.

쉭, 쉬익!

세찬 소리와 함께 날카로운 기운이 사방으로 뻗치며 순식간에 사방 일 장의 공간을 장악했다.

삼 년 전의 어설픔은 조금도 찾아볼 수 없는, 고수의 기운이 물씬 풍기는 그 모습에 백무결이 저도 모르게 옅은 탄성을 터트렸다.

"자네 생각에는 어떤가?"

멍하니 담기명을 보고 있는데 뒤에서 들리는 소리에 백무결이 흠칫 고개를 돌렸다. 방금 전까지 앉아 있던 담기령이 어느새 자리에서 일어나 이쪽으로 다가오고 있었다.

백무결이 반가운 표정으로 말했다.

"아, 생각은 다 끝났나? 그럼 이제 어서 가야지."

"그전에 잠시 얘기 좀 해 보세."

"아, 또 무슨 얘기를 해?"

백무결은 생각하는 것보다는 행동을 먼저 하는 성향이었다. 그렇기에 이렇게 생각을 오래하는 것은 그다지 좋아하지 않는 편인데다 때때로 아집처럼 느껴질 정도로 자기주장이 강한 사람이었다.

그런데 이상하게도 담기령에게만큼은 자신의 뜻대로 하

기가 힘들었다. 백무결 스스로도 그런 자신이 조금 이해가 되지 않을 정도. 그만큼 담기령을 믿기 때문이기도 했지만, 한편으로는 삼 년 전 처주무련의 요청을 거절했을 때의 미안함 때문인지도 몰랐다.

"어쩌면 우리는 아주 결정적인 단서를 잡은 건지도 모르네."

"결정적인 단서?"

"유황 말일세."

"음?"

담기령의 말에 백무결이 멈칫하며 고개를 갸웃거렸다.

"유황?"

"무림맹에서 쫓고 있는 놈들, 그리고 우리가 쫓고 있는 그 배후 세력 말일세."

"무슨 말인지 이야기를 해 보게."

"수적들이 꽤 많은 양의 화탄을 들고 있었다고 하지 않았나? 화탄을 만들려면 당연히 화약이 필요하고, 그 정도로 많은 양의 화탄이라면 아주 많은 유황이 필요해."

"하지만 놈들은 중원 전역에 유황을 밀거래하고 있지 않은가? 수적 놈들이 그 유황을 사들여서 만든 것일 수도 있지."

"놈들이 유황을 밀거래한다는 사실을 생각해 보게."

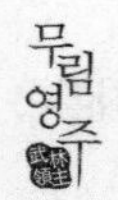

"음?"

"그 정도 화약을 만들 정도로 많은 유황을 한 곳에 풀었을 리가 없지 않은가? 화약이 발견되는 순간, 금의위나 동창이 움직일 텐데 말이야. 그런 이유 때문에 중원 전역에 유황을 몰래 팔면서도 절대 한 곳에 많은 양을 풀지 않은 것이겠지."

"그것도 그렇군."

"그렇다면 그 수적 놈들은 그 배후와 아주 깊은 관계가 있을 거란 말일세. 그럼 그놈들을 추적해 올라가다 보면 '도주' 라 불리는 놈을 만날 수 있지 않을까?"

그때, 백무결의 머릿속에 무엇인가가 번뜩하고 떠올랐다.

"그러고 보니 독산의 산적 놈들 입에서 도주라는 말이 나왔네!"

"자네를 만나러 온 이유 중 하나가 그 일에 대해서 미리 이야기를 들어 보려 했던 걸세. 서하단이 보낸 서신에도, 독산 산적들과 수적들의 배후가 같을 수 있다는 내용이 있었으니까."

"음?"

"남궁세가를 통해서 서하단이 무림맹에 보낸 서신의 내용을 알게 됐거든."

"아, 그랬군. 더욱 이상한 점도 있었네. 독산 산적 놈들과 수적 놈들이 하나같이 잘 훈련된 병사 같은 느낌이었거든. 그래서 토벌하는 데 서하단의 피해도 만만치 않았다네. 독산 산적 놈들은 쇠뇌로 무장하고 있었네."

고개를 끄덕이는 백무결을 향해 담기령이 저 멀리 보이는 문제의 마을을 가리키며 말을 이었다.

"어쩌면 저 마을이 그 배후 세력의 거점 중 하나라고 가정하면 어떻겠나?"

"어?"

백무결이 멈칫하며 담기령이 가리킨 마을을 새삼스러운 표정으로 살펴보았다. 조금은 멍한 얼굴로 마을을 살펴보는 백무결을 향해 담기령이 말을 이었다.

"그러면 이상했던 것들이 다 맞아떨어진다네. 자네가 화탄을 가지고 등주 관청으로 갔을 때 미리 밀고장을 보내 자네가 오히려 누명을 뒤집어썼던 일, 그것으로 자네를 묶어 놓은 사이에 서하단과 화탄을 회수한 것, 비슷한 느낌을 가진 산적과 수적이 가까운 지역에 자리를 잡은 것까지."

"으음……."

"그리고 또 한 가지 가정을 해 볼 수 있네."

뭔가 새로운 이야기가 나올 듯한 말에 백무결이 다시 담기령에게로 시선을 돌렸다.

"새로운 가정?"

"이 마을은 중원 각지의 수많은 거점 중 하나일 수도 있다는 가정 말일세."

"뭐!"

백무결이 깜짝 놀라 외쳤다. 수많은 거점이라니.

"그, 그럼 놈들이 이런 마을과 산적, 수적 놈들을 곳곳에 배치해 놓았다는 말인가?"

"그것을 통해서 유황의 밀거래를 했던 게지. 관도 옆에 자리하면서도 특별히 사람들이 묵어 갈 만한 이유가 없는 곳. 한편으로는 누군가 마을로 들어선다 해도 이상하지 않은 곳이 아닌가. 중원 전체에 퍼져 있는 수없이 많은 관도 중에 그런 조건을 가진 마을은 한두 군데가 아닐 것이고, 그 마을들을 장악하면 들키지 않고 유황을 거래하는 것은 물론, 필요할 때 물자를 운반하거나 보관하는 것까지 용이하네."

"하, 하지만 그렇게 하려면 그 규모가……."

백무결이 질린 표정으로 말했다.

"오랜 시간 중원 각지에서 유황을 밀거래했던 놈들일세. 그러면서도 쉬이 꼬리를 잡히지 않았지. 그렇다면 일반적으로 생각할 수 있는 규모를 훨씬 상회하지 않겠나?"

"그럴 수도 있겠군."

백무결이 심각한 표정으로 고개를 끄덕였다. 그런 백무결을 향해 담기령이 한층 심각한 얼굴로 말했다.

"그렇다면 지금 서하단은 우리 생각보다 훨씬 더 위험한 상황에 처해 있을 수도 있네."

"흡! 그, 그럼 뭐 하는가! 당장 놈들을 쳐야지!"

"미리 계획을 좀 세워야지."

"계획은 무슨! 어젯밤 확인한 바로는 마을의 전력이라고 해봐야 겨우 백에서 이백 정도였네. 무공 수준이 아주 낮지는 않았지만, 자네와 나, 그리고 기명이까지 합친다면 치지 못할 것도 없지 않은가!"

"단순히 싸워 이기는 거라면 가능하겠지. 하지만 우리는 놈들에게서 서하단의 행방도 알아내야 하고, 놈들의 배후도 파헤쳐야 하네. 게다가 놈들이 상부에 보고를 올리는 것도 막아야지."

"보고?"

담기령이 마을 너머에 있는 낮은 산을 가리키며 말했다.

"아침부터 주기적으로 전서구가 날아오르고 있네."

"그럼 저 산에?"

"멀리서 마을을 지켜보면서 주기적으로 상황을 보고하고 있는 거지."

"그렇다는 건, 혹시나 뭔가 일이 틀어졌을 경우에……."

"놈들은 꼬리를 자르고 도망칠 게 분명하네. 그 경우, 서하단은 모두 죽을 걸세. 물론 그 역시도 서하단이 아직까지 살아 있어야만 가능한 일이겠지만."

"크윽!"

백무결이 신음을 흘리며 인상을 찡그렸다. 마음은 급한데 해야 할 것은 많고 시간은 없으니 마음이 더할 수 없이 답답해졌다.

"그럼 이제 내 계획을 한 번 들어 보겠나?"

담기령의 말에 백무결이 눈을 빛내며 외쳤다.

"어서 말해 보게!"

"아직도 찾지 못했는가!"

하가촌 촌장 마용문의 입에서 신경질적인 외침이 터져 나왔다. 원래는 하 씨들의 집성촌이기에 하가촌이라 불렸던 마을이지만, 마을에서 원래의 하 씨 성을 가진 이를 볼 수 없게 된 지는 아주 오래였다.

"그래서 이제 어찌할 텐가?"

하지만 그 말을 듣고 있는 중년의 사내들 역시 표정이 좋지 않은 건 매한가지였다.

"왜들 말이 없는 게야! 겨우 세 놈을 못 잡아서 이 고생을 한단 말인가!"

계속된 마용문의 역정에 결국 참지 못한 한 사내가 입을 열었다.

"그래서 지난번 놈들을 잡을 때처럼 객잔을 열자고 하지 않았습니까?"

"겨우 세 놈이다. 세 놈을 잡자고 객잔까지 열어야 한단 말이냐!"

"보통 놈들이 아닙니다. 게다가 그중 한 놈은 그 서하단의 단주가 아닙니까! 중원 놈들도 꽤나 대우를 해 주는 놈이라는 걸 잘 아시지 않습니까?"

"그래서 지금 내 방식이 틀렸단 말이냐!"

"촌장님의 뜻대로 해서 결과가 그리 나오지 않았습니까?"

"허, 감히 네놈이 지금 나를 거역하려 드느냐!"

얼굴이 시뻘겋게 달아오른 마용문이 사내를 향해 섬뜩한 살기를 드러냈다.

하지만 사실 그렇게 역정을 내는 것은 사내의 말이 틀리지 않았기 때문이다. 그러니 괜히 조급한 마음에 더욱 화를 내게 되는 것이었다.

그는 이곳 하남성 남부 일대를 책임지고 있는 자리에 있었다. 그런데 최근 그의 계획으로 만들어진 산채와 수채,

두 곳이 서하단에 의해 토벌을 당했다.

상부에서의 질책은 당연한 일. 그 일을 조금이라도 무마하고자 발 빠르게 움직여 서하단을 처리한 것이었다. 물론 그리한다고 문책당하지 않는 것은 아니지만, 조금이라도 참작을 해 주지 않을까 하는 생각이었다.

그때, 또 다른 사내가 마용문을 향해 말했다.

"촌장님."

"왜 부르는가?"

"밤중이라 확실하게 보지는 못했습니다만, 어젯밤 백무결 그자와 함께 있던 자는 아무래도 담기령이었던 것 같습니다."

"담기령?"

마용문이 멈칫하며 고개를 갸웃거렸다. 언젠가 한 번 들어 본 적이 있는 이름이었다.

"삼 년 전, 복귀도를 불태운 자입니다. 그 후로도 절강에서 도주님의 행사를 번번이 방해하는 놈이지요."

그제야 확실하게 담기령이라는 이름이 확실하게 기억이 났다. 동시에 마용문의 얼굴에 화색이 돌았다.

'놈만 사로잡는다면…….'

어쩌면 최근의 실패들을 무마할 수 있을지도 모른다는 희망이 생긴 것이다.

마용문이 사내를 향해 물었다.

"왕유생, 절강성 담가의 가주라는 그놈 말이냐?"

"맞습니다."

"확실한가?"

왕유생이라 불린 사내가 분한 표정을 지으며 고개를 끄덕였다.

"제가 얼마 전까지 바다에 있지 않았습니까? 작년에 제가 모시던 채주께서 놈의 칼에 죽었습니다. 그 얼굴은 절대 잊지 못할 겁니다."

마용문이 천천히 고개를 끄덕였다.

"그 정도로 대단한 놈이 있었다는 걸 알았으면, 어제 객잔을 열었어야 할지도 모르겠군."

작은 중얼거림이었지만, 냉랭한 분위기로 인해 방 안이 조용했던지라 모두의 귀에 그 말이 똑똑히 들렸다. 당연히 처음 불만을 드러냈던 사내의 얼굴에는 한층 더 강한 불만이 떠올랐다. 하지만 마용문은 신경도 쓰지 않은 채 입을 열었다.

"일단 양쪽 현도로 사람을 보내 간밤에 놈들이 현도로 들어오지 않았는지 확인하라. 그 외의 나머지는 놈들이 숨어 있을 만한 곳을 좀 더 확실하게 찾아! 절대 놓쳐서는 안 된다!"

그때였다.

삐이이이익!

높은 피리 소리가 울렸다.

"어디서 나는 소리냐!"

깜짝 놀란 마용문의 외침에 누군가 다급한 목소리로 대답했다.

"산에서 들리는 소립니다!"

"산?"

산에서 이런 소리를 낼 곳은 한 군데밖에 없었다. 하남분타로 보고를 올리는 조가(鳥家).

"당장 전서를 날리고, 조가로 사람을 보내라! 아니, 전서는 내가 보낼 테니, 나머지는 산으로 가라!"

마용문의 외침과 동시에 사내들이 우르르 밖으로 뛰쳐나갔다. 그사이, 마용문은 정당에 붙어 있는 자신의 방으로 뛰어 들어갔다.

부수기라도 할 듯 거칠게 문을 열어젖힌 마용문이 가장 먼저 집어 든 것은, 방 한쪽 벽의 탁자에 놓인 송곳이었다.

송곳을 집어 든 마용문이 옆에 놓인 작고 얇은 대나무판에 글자를 새겼다.

급보를 전하기 위해 준비해 놓은 만큼, 먹물이 마르기를 기다려야 하는 지필묵 대신 죽편과 송곳을 이용하는 것이었다.

절강 담기령 내습(來襲).

생포 시도.

차후 보고.

이럴 때의 보고는 짧으면서도 내용을 명확하게 쓰는 것이 원칙이었다. 마용문은 나중에라도 혹시나 문책을 받을 것을 생각해 보고 내용에 담기령을 강조했다.

방 안의 새장에서 전서구를 꺼낸 마용문이 떨리는 손으로 전서구의 발에 죽편을 매달았다. 그리고 황급히 창을 통해 전서를 날려 보냈다.

푸드드득!

전서구가 창틀에 앉아 잠시 날개를 퍼덕이더니, 이내 하늘을 향해 날아올랐다.

하지만 그것은 아주 찰나의 일일 뿐이었다.

슈우욱.

퍽!

갑자기 날아든 두 개의 돌멩이가 전서구의 머리와 배를 맞춰 떨어트려 버렸다.

"누, 누구냐!"

깜짝 놀란 마용문이 두 눈을 부릅뜨고 돌이 날아온 방향으로 고개를 돌렸다.

"헉!"

동시에 기이한 차림의 두 사내가 눈에 들어왔다. 머리와 어깨, 팔뚝, 종아리에 갑주 같은 것을 갖추고 손에는 대도를 든 모습이었다.

"네, 네놈!"

어젯밤에 보았던 세 놈 중 둘이었다.

"다, 담기령?"

백무결이라는 자가 보이지 않았다. 그렇다면 이 둘 중 하나가 왕유생이 말한 담기령일 것이다.

마용문의 말에 검은 투구를 쓴 사내가 의외라는 표정으로 되물었다.

"날 아나?"

하루에도 몇 번씩 보고를 할 정도로 철두철미한 자들이었다. 그렇다면 전서구를 보내는 쪽에 문제가 생겼을 때의 대비도 해 놓았으리라.

그렇다면 일단은 그 보고를 막는 것이 우선이기 때문에 담기령은 백무결을 산으로 보낸 후, 담기명과 함께 몰래 마을로 들어온 것이었다.

문제가 생겼을 때 다급한 보고를 하는 이는 아마도 집단의 수장일 것이고, 마을의 단위로 편제되어 있으니 촌장이 곧 이곳을 총괄하리라 예상하고 어젯밤에 본 촌장의 집 근처에서 기다렸던 것이다.

예상대로 촌장의 집에서 전서구가 날아올랐고, 준비하고 있던 담기령과 담기명은 동시에 돌을 던져 전서를 막은 것이었다.

그런데 어젯밤에도 얼굴을 보지 못했던 촌장의 입에서 자신의 이름이 나오니 의외일 수밖에.

하지만 담기령은 이내 짙은 미소를 지어 보였다.

'절강을 거의 벗어난 적이 없는 나를 단번에 알아본다는 말은…….'

가능성이 한층 높아졌다. 이놈들은 분명 그 유황을 밀거래하는 놈들과 관계가 있었다.

거기까지 생각한 담기령이 마용문을 향해 말했다.

"너희 도주가 나를 아주 싫어하는 모양이구나!"

"흡!"

헛바람을 들이켜는 마용문의 얼굴에 당혹감이 떠올랐다.

그 모습을 본 담기령의 입가에 회심의 미소가 어렸다. 마용문의 반응으로 미루어 이 마을이 그 '도주'라는 자와 관계가 있다는 것이 확실해졌기 때문이다.

마용문의 손이 급하게 움직였다.
땡땡땡땡!
온 마을에 울려 퍼질 정도로 요란한 경종이 울렸다.
그 소리를 들은 담기령이 담기명을 향해 말했다.
"기명아, 저놈 생포해라!"
"예?"
"나머지는 내가 맡으마!"
"혀, 형님!"
갑작스러운 지시에 담기명이 당황한 목소리로 외쳤다. 하지만 담기령은 이미 지붕을 뛰어넘어 마을의 길로 뛰어 내리고 있었다.
담기명 역시 더 이상 당황하지 않고 재빨리 땅을 박찼다.

"막아라! 신호를 보내!"
삐이이익!
높은 피리 소리가 귓전을 어지럽혔다. 사방에서 풍겨 오는 역한 악취에 코끝이 찡해질 정도. 하지만 백무결은 그 모든 것에서 일절 신경을 끊었다.
그의 관심은 오직 하나. 새장에 갇혀 있는 전서구, 십여 마리의 비둘기들이었다.

놈들이 새장의 문을 열거나 새장을 부숴 한 마리라도 날아오르는 순간, 계획에 심각한 차질이 생기리라. 그러니 그것을 막아야 했다.

그가 아무리 무공이 높다 해도 사방으로 날아오르는 십여 마리의 비둘기를 모두 잡을 수는 없었다. 그러니 방법은 그런 일을 할 사람을 없애는 것이었다.

"타아앗!"

기합과 동시에 크게 한 걸음을 내딛는 동시에 서하검을 높이 치켜들었다.

차르르릉!

서하검이 검신을 잘게 떨며 맑은 검명을 터트렸다. 동시에 새하얀 빛을 머금은 서하검이 쾌속한 궤적을 그렸다.

스아앗!

"으악!"

날카롭기 그지없는 소음과 함께 두 줄기 비명이 터졌다. 붉은 피가 얼굴로 튀어 올랐지만, 백무결은 눈 한 번 깜빡이지 않았다.

고도의 집중력. 그의 관심은 오직 새장을 향해서만 쏠려 있었다.

"새를 날려!"

결코 반가울 리 없는 외침이 귓속으로 파고들었다. 저

새들은 풀려나는 즉시, 훈련된 곳을 향해 날아갈 것이다. 그리고 아무런 연락도 달고 있지 않은 새가 도착하면, 분명 이곳의 변고를 알게 되리라.

그러니 그것을 막아야 했다.

"멈춰!"

버럭 고함을 지르며 새를 날리라고 외친 사내를 향해 득달같이 달려들었다. 그런 백무결의 목 어림을 향해 서늘한 기운이 파고들었다. 하지만 그 순간, 두 명의 사내가 새장의 문을 향해 손을 뻗고 있었다.

"흡!"

짧게 숨을 끊는 동시에 급히 왼팔을 들었다.

스걱!

화끈한 통증이 팔을 타고 올라왔다. 아무리 절대의 경지를 바라보는 백무결이라지만, 맨몸으로 날붙이를 튕겨 낼 재간은 없으니 당연한 일.

파아앗!

"크아아악!"

하지만 그 덕에 새장 문을 열려던 두 사내는 손목이 날아간 채 비명을 터트렸다.

비틀거리는 두 사내를 걷어찬 후 황급히 뒤로 물러서며 살펴보니, 왼쪽 팔뚝에 뼈가 보일 정도로 깊게 파인 흔적이 보였다.

하지만 그것이 오히려 백무결에게는 손해로 작용했다. 백무결이 전서구 날리는 것을 막으려 한다는 것을 눈치챈 사내들이 한꺼번에 새장을 향해 무기를 휘두른 것이다.

"안 돼!"

백무결이 버럭 소리를 지르며 몸을 날렸다.

'안 돼!'

입으로 외친 것과 똑같은 생각만이 온통 머릿속에 가득했다. 저 전서구들이 하늘로 날아오르면 단원들이 살아 있을지도 모른다는 실낱같은 희망마저 없어지게 된다. 그렇게 둘 수는 없었다. 그들은 오직 자신 하나만을 보고 목숨을 걸어온 이들이다. 반드시 지켜 줘야 할 목숨들.

타악!

몸을 날리며 손을 뻗었다.

'흡!'

동시에 백무결은 지금껏 한 번도 해 보지 못한 기이한 경험 속에 한 발을 들이밀었다.

마음이 다급한 것은 물론, 머릿속은 온통 저들을 막아야 한다는 생각뿐이었다. 그런데 그 뇌리 한구석에 또 다른 생각이 동시에 떠올랐다.

한쪽은 수만 가지 생각으로 가득 차 금방이라도 터져 나갈 것 같은데, 다른 한쪽은 더할 수 없을 정도로 냉정했다.

마치 머릿속의 생각이, 그리고 자기 스스로가 둘로 나뉜 것 같은 기묘한 감각. 그 냉정한 자신이 눈으로 확인한 상황을 정확하게 재고 계획을 짰다.

쉐에엑!

서하검이 새하얀 기운을 잔뜩 머금은 채 허공을 갈랐다. 검신을 반듯하게 누인 채 위에서 아래로, 겨우 몇 촌도 되지 않을 정도의 움직임.

째앵!

서하검이 가장 가까이 있던 첫 번째 사내의 검을 두드렸다. 지극히 짧은 휘두름이었음에도 불구하고 사내의 검이 크게 요동쳤다.

그리고 서하검은 첫 번째 사내가 뭔가 반응을 보이기도 전에, 사내의 곁을 지나쳐 두 번째 사내의 귀두도를 쥔 손을 향해 쇄도했다.

스윽!

새하얀 기운을 품은 백무결의 장검이 두 번째 사내의 손목 위를 더할 수 없이 얕게 스치듯 긋고 지나갔다.

그리고 백무결의 몸은 이미 세 번째 사내를 향해 쇄도하고 있었다.

푸욱.

빠악!

주저 없이 집어 던진 서하검이 네 번째 사내의 목을 꿰뚫는 순간, 빈손이 된 백무결의 주먹이 세 번째 사내의 턱을 후려쳤다.

하지만 냉정한 한쪽의 머릿속이 계산한 것은 여기까지. 마지막 남은 한 명까지는 도저히 계산이 서지 않았다.

하지만 그 다섯 번째 사내는 다급하고 복잡한 생각으로 꽉 찬 다른 쪽의 생각이 해결했다.

퍼억!

"크억!"

새장을 후려치는 다섯 번째 사내의 낭아곤에 그대로 몸을 날린 것이었다.

등판을 후려치는 묵직하면서도 화끈한 충격에 백무결은 저도 모르게 비명을 삼켰다.

"크아아아앗!"

백무결은 비명인지 기합인지 모를 절규를 터트리며 세차게 땅을 밟았다.

쿠웅!

거센 진각. 그로 인해 솟구치는 반탄력이 전신의 경맥을 두드리고 자극하며 공력을 밀어냈다.

자신의 무게와 공력을 모두 실은 일장이 그대로 공간을

터트리며 세차게 뻗어 나갔다.

펵!

으드드득!

세찬 장력에 낭아곤을 든 사내는 갈비뼈가 산산조각이 나고도 그 힘이 사그라지지 않아 몸뚱이가 그대로 날아갔다.

와당탕!

무려 이 장을 날려가 방 안의 집기들을 뒤엎으며 처박힌 사내의 몸뚱이는 더 이상 움직이지 않았다.

"주, 죽어!"

그때, 장검이 두 동강 난 사내와 귀두도를 놓친 사내가 백무결을 향해 달려들었다. 하지만 그 두 사람 역시 백무결이 날린 장력을 견디지 못하고 순식간에 시체가 되어 뒹굴었다.

"컥, 커헉!"

입 끝에 가쁜 숨이 매달렸다. 어깨까지 들썩이는 모습이 여간 힘들어 보이는 게 아니었다. 하지만 백무결은 자신이 숨을 몰아쉬고 있다는 사실조차 인지하지 못할 정도로 큰 충격에 휩싸여 있었다.

방금 전, 다섯 사내를 처리한 것은 그야말로 찰나의 시간 동안 벌어진 일. 자신이 해 놓고도 믿을 수 없을 정도로 엄청난 일이었다.

백무결이 시선을 떨궈 자신의 손을 보았다. 놀라서인지, 혹은 듣도 보도 못한 생소한 경험에 흥분한 탓인지 두 손이 파르르 떨리고 있었다.

방금 전의 그것이 도대체 어찌 된 일인지 알 수가 없었다. 혹시 꿈을 꾼 것은 아닌가 싶을 정도로 말도 안 되는 경험이었다.

하지만 그것은 틀림없이 실제로 일어난 일이었다. 방금 전, 그 순간의 감각이 섬뜩할 정도로 선명하게 뇌리에 각인되어 있었다. 그러니 거짓일 리는 없었다.

애써 방금 전의 기억을 떠올리며 또 한 번 그러한 경험을 해 보고 싶었지만, 방금 전의 머릿속 한 켠을 차지했던 그 냉정한 생각들은 이미 온데간데없었다.

"후, 후우!"

한참 숨을 몰아쉰 끝에 겨우 호흡이 가라앉았을 즈음에야 백무결은 다시 자신의 현실로 돌아올 수 있었다.

"휴우!"

처음으로 낸 소리는 새장 안의 새들이 그대로 남아 있다는 데 대한 안도의 한숨.

"끄으윽!"

긴장이 풀린 순간, 왼쪽 팔뚝과 등판의 지독한 통증이

몰려왔다.

'이러고 있을 때가 아니지.'

지금쯤 담기령과 담기명, 두 형제는 마을 사람 전체를 맞이해 싸우고 있을 터. 얼른 가서 두 사람을 도와야 했다.

뭔가가 박살 나는 소리가 쉴 새 없이 울려 퍼졌다. 그사이로 묵직한 쇳소리가 규칙적으로 터져 나왔다.

그리고 그런 소리가 한 번 울릴 때마다 자욱한 먼지가 피어오르며 한 채의 집이 천천히 무너져 내리고 있었다. 하가촌 촌장, 마용문의 집이었다.

콰아앙!

그렇게 조금씩 허물어져 가던 건물의 지붕을 뚫고 두 개의 인영이 솟구쳤다.

콰르르르!

그때까지 힘겹게 형체나마 유지하고 있던 마용문의 집이 굉음과 함께 완전히 무너져 내렸다. 그리고 그렇게 무너진 집의 폐허 위에 방금 전 솟구쳐 오른 두 개의 그림자가 내려섰다.

"헉헉!"

누가 더하고 덜할 것도 없이 턱까지 차오른 숨을 애써 진정시키는 두 사람은 다름 아닌, 담기명과 마용문이었다.

'담기령이라는 그놈도 아니고, 그 동생 놈 정도에 내가 이렇게 밀린단 말인가!'

마용문은 크게 놀라고 있었다. 그가 아는 절강무림의 수준은 그리 높지가 않았다. 도주께서 부리는 최하급 졸자들인 해적들을 상대하는 것만으로도 벅찬 것이 그가 아는 절강무림의 수준이었다.

그래서 담기령이라는 자가 나타나 도주의 심기를 불편하게 만든다는 말을 들었을 때도 그리 심각하게 생각지 않았다. 그래 봐야 고만고만한 절강무림에서 좀 특출한 놈 정도라는 게 마용문의 평가였다.

그런데 지금 담기령 본인도 아닌 그 동생에게 이렇게 애를 먹고 있으니 놀라는 것은 물론, 크게 자존심이 상했다.

사실 두 사람의 행색만 본다면 그래도 마용문보다는 담기명의 손해가 훨씬 심했다. 몸에 갖추고 있는 갑주에는 곳곳에 금이 가고 파인 흔적이 난무했다. 거기에 더해 갑주로 가리지 않은 곳에는 상처가 가득해 온몸이 피로 물들어 있었다.

하지만 자신들의 세력 안에서 꽤나 인정받는 고수인 마용문의 입장에서는, 이렇게까지 싸우고도 아직까지 담기명을 죽이지 못한 것 자체가 치욕이나 다름없었다.

"타앗!"

담기명이 힘찬 기합과 함께 땅을 박찼다.

후우웅!

담월도가 세찬 바람을 끌어안으며 마용문의 허리를 갈라버릴 듯 횡으로 크게 쇄도했다.

"흡!"

마용문이 황급히 헛바람을 들이켜며 자신의 애병, 홍귀아(紅鬼牙)를 휘둘렀다.

마용문이 젊은 시절 우연히 얻은 물건으로, 그가 있던 도주의 휘하에서는 종종 귀로라고 불리는 보도.

홍귀아가 담기명의 담월도를 맞받아쳤다.

까가강!

폐허 위로 또다시 굉음이 몰아쳤다.

'이런 무공이 있단 말인가!'

이미 한참을 싸우며 몇 번을 확인했지만, 아직도 믿을 수 없는 파격적인 무공이었다. 몸에 두른 갑주에 기를 두른 채로 상대의 공격을 받아 흘리고 튕긴다. 그런데 그것이 단순히 막거나 흘리는 동작이 아니라, 손에 들린 대도와 함께 천의무봉의 조화를 이루며 공격도 함께한다.

공수일체의 완벽을 추구하는 무공. 그것이 팔황불괘공과 팔황철굉도를 합친 팔황무라는 무공의 바탕에 있는 묘리였다.

홍귀아의 붉은 도신은 보는 것만으로도 오금이 저릴 정도로 요사스러운 핏빛을 발하며 허공에 붉은 궤적을 그어댔다.

사선으로 내리긋는 홍귀아의 궤적에 담기명이 쇠로 된 수투를 낀 손을 밀어 넣었다.

홍귀아가 가장 효율적인 파괴력을 내는 타점에 닿기 직전, 밀 듯이 내밀어진 손이 바깥으로 원을 그리며 홍귀아의 도신을 밀어냈다.

하지만 마용문 역시 오십 평생을 거의 전장을 전전한 고수였다. 이미 몇 번이나 겪은 수에 대한 방비는 이미 세워져 있었다.

옆으로 밀려 엉뚱한 방향으로 흐르던 홍귀아의 궤적이 너무나 자연스럽게 방향을 틀었다.

쐐아아아!

땅을 쓸 듯이 낮게 깔린 홍귀아가 횡으로 궤적을 그리며 담기명의 발목을 끊을 듯한 기세로 날아들었다.

하지만 그것이 오히려 실수였다.

그러한 수는 상대하는 이들이 팔황불괘공을 깨트리려 할 때 가장 흔히 쓰는 변초였다. 당연히 그에 대한 대비 정도는 이미 만들어져 있었다.

콱!

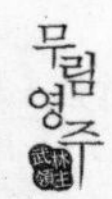

담기명이 한껏 자세를 낮추며 담월도의 도극으로 땅을 찍었다. 정확하게 홍귀아의 궤적을 사선으로 가로막는 위치.

카카카칵!

담월도가 비스듬한 사선을 그리고 있는 탓에 횡으로 날아든 도격이 담월도의 두꺼운 칼등을 타고 사선을 따라 미끄러졌다.

콰아악!

홍귀아의 칼날이 휘두를 때의 힘을 이기지 못하고 땅을 찍는 순간, 담기명이 움직였다.

두 사람 모두 아주 낮은 자세를 유지하고 있는 상태. 마용문이 빗나간 도격의 힘을 완전히 회수하지 못하고 땅을 두드린 충격에 움찔하는 찰나, 담기명이 그대로 몸을 던졌다.

땅과 평평하게 뉘어 있는 홍귀아의 도신을 담기명이 왼손으로 그러쥐며 그 위에 몸을 날렸다.

도신에 얹힌 사람의 무게가 홍귀아를 쥐고 있는 마용문의 손에 그대로 전해졌다. 손아귀를 벗어나려는 홍귀아. 무인의 본능으로 칼을 쥔 손에 와락 힘을 주는 순간, 섬뜩한 기운이 마용문을 향해 날아들었다.

“헉!”

마용문이 헛바람을 들이켜며 손에 쥐고 있던 칼을 놓고 황급히 뒤로 물러났다. 아니, 물러나려 했다. 하지만 그 순간, 담기명이 왼손으로 마용문의 오른쪽 손목을 낚아챘다.

쉬이익.

스걱!

마용문은 뒤로 물러서기 위해 힘껏 중심을 뒤로 잡고 있던 상황에서 담기명에게 잡혀 있었었다. 전신의 힘과 무게가 온통 뒤로 쏠려 있는데 오른손을 잡히는 바람에 멈춰 있던 상황. 그런데 그렇게 잡아당기던 힘이 갑자기 사라지자 마용문의 몸뚱이가 뒤쪽으로 그대로 곤두박질쳤다.

그리고 높은 핏줄기가 허공에 커다란 포물선을 그렸다.

"크아아악!"

비명이 터져 나온 것은 그 후였다. 잡아당기던 힘이 사라진 이유는, 잡혀 있던 오른손이 담기명의 칼에 그대로 잘려 나간 탓이었다.

무시무시한 통증이 엄습해 왔지만 마용문은 자신이 싸우고 있던 중이라는 사실을 잊지 않았다. 비명을 터트리면서도 황급히 바닥을 데굴데굴 구르며 최대한 담기명으로부터 거리를 벌리려 했다.

하지만 팔이 잘려 바닥을 구르는 마용문에 비해, 담기명

이 훨씬 더 정확하게 상황을 냉정하게 살필 수 있었다.

뻐어억!

어느새 자리를 옮긴 담기명의 오른발이 바닥을 구르고 있던 마용문의 옆구리를 걷어찼다.

"커흑!"

숨이 막힐 듯한 충격에 마용문의 움직임이 멈췄다. 팔이 잘리고 옆구리를 찌르듯 파고든 충격에 더 이상 몸이 말을 듣지 않는 것이었다.

"네, 네놈들!"

마용문이 붉게 충혈된 눈으로 담기명을 쳐다보았다. 동시에 어금니 뒤쪽에 숨기고 있던 독단을 혀로 끄집어내며 그것을 깨물기 위해 크게 입을 벌렸다.

하지만 담기명은 그 역시도 이미 예상하고 있었다. '도주' 라 불리는 자 휘하에 있는 왜구들을 상대하면서 숱하게 보아왔기에 이미 대비를 하고 있던 것이다.

딱!

"아악!"

또 한 번 비명이 울렸다. 있는 힘껏 이를 깨물었는데, 앞니 사이에 딱딱한 무언가가 걸리며 이가 부러져 나간 탓. 쇠로 된 수투를 끼고 있는 담기명의 손이었다.

"끝이다."

담기명이 침착한 목소리로 말하며 그대로 마용문의 마혈을 찍었다.

"크윽!"

순간, 마용문은 두 눈동자가 풀리는 듯하더니 그대로 혼절했다.

"후우!"

그리고 담기명이 긴 한숨을 뱉으며 그 옆에 털썩 주저앉았다. 하지만 아직은 쉴 때가 아니었다. 일단 잡기는 했지만, 오른팔이 잘려 나갔으니 지혈을 하지 않으면 이대로 죽을 게 빤했다.

"아아악!"

그때, 마을 쪽에서 울리는 요란한 비명이 귓전을 두드렸다. 아까부터 들리던 소리지만, 긴장이 풀리고 나니 이제야 인식이 된 것이었다.

시킨 대로 마용문을 잡았으니, 이제 형님을 도우러 가야 했다. 담기명의 두 손을 바쁘게 움직였다.

땡땡땡땡!

다급한 피리 소리에 산속의 조가를 향해 달리던 왕유생의 귓전으로 또 다른 낯선 소음이 파고들었다. 마을에 변고가 생겼을 때 울리는 경종 소리였다.

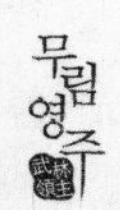

"마 당주님의 집이다!"

급히 걸음을 멈추고 뒤를 돌아보는 순간, 곁에 있던 누군가가 외쳤다.

대외적으로는 하가촌의 촌장이라 불리지만, 내부적으로는 당주라는 직책을 가진 마용문이었다. 아니, 마용문만의 이야기가 아니었다. 중원 전역에 만들어 놓은 거점 마을들은 각자가 하나의 '당' 이었고, 촌장은 당주였다.

동시에 모두의 얼굴에 갈등의 빛이 스쳤다.

산속의 조가로 가야 할 것인지, 아니면 당주를 구하러 가야 할 것인지 결정을 내려야 했다.

모두들 고민에 잠긴 찰나, 왕유생이 다시 마을을 향해 뛰며 외쳤다.

"당주님을 구한다!"

이미 바다에서 자신의 상관을 한 번 잃었던 경험이 있는 왕유생이었다. 두 번 다시 똑같은 경험을 하고 싶지 않았기에 내린 결정.

일단 한 사람이 그렇게 결정을 내리니 다른 이들 역시 반사적으로 왕유생의 뒤를 따랐다.

조가에서 울린 피리 소리에 밖으로 나오던 마을의 수하들 역시 왕유생 일행의 뒤를 따라 마용문의 집을 향해 달렸다.

"크아아악!"

마용문의 집에 도착하기도 전에 먼저 귓전으로 파고든 것은 단말마의 비명이었다. 경종 소리를 듣고 달려간 마을의 무인들이 비명을 지르며 죽어 가고 있었다.

그리고 가장 선두에서 달리던 와유생의 발이 갑자기 땅에 뿌리를 박은 듯 우뚝 멈춰 섰다.

온몸을 시커먼 갑주로 감싸고 푸른 도신의 칼을 들고, 마을의 무인들을 도륙하고 있는 한 사내를 본 탓이었다.

"저, 저놈은!"

왕유생의 얼굴에 짙은 살기가 맺혔다. 저 모습을 어찌 잊을 수 있겠는가. 자신이 타고 있던 배로 뛰어올라 동료들을 도륙하고 모시고 있던 채주의 목을 자른 놈이었다.

"크윽!"

그런데 이상했다. 몸이 말을 듣지 않았다. 마음은 당장에라도 저 원수를 죽이러 달려가고 싶은데, 몸이 움직여 주지를 않았다. 게다가 두 무릎이 바들바들 떨리며 다리에 힘을 줄 수가 없었다.

'서, 설마 내가 저놈을 무서워한다는 건가!'

마음으로는 원한을 곱씹고 있었지만, 뇌리에 박힌 저 검은 갑주의 무시무시한 위용에 몸이 움직여 주지 않았다.

"뭐하나?"

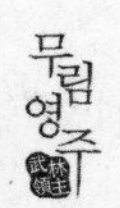

그때, 옆에서 들린 소리에 왕유생이 반사적으로 고개를 돌렸다. 아까 마용문의 역정에 계속해서 불만을 드러냈던 사내였다. 왕유생은 마을로 들어온 지 얼마 되지는 않았지만, 이 사내는 종종 마용문과 의견 충돌을 보인 탓에 이름을 기억하고 있었다.

"오 향주, 그러니까, 이게 그……."

왕유생이 오규산을 향해 곤혹스러운 표정을 지으며 말끝을 흐렸다. 몸이 움직이지 않는다는 말이 입에서 나오지가 않았다. 그러면 왜 그런지 설명해야 했고, 그 결과 자신이 겁을 집어먹었다는 것을 눈치채지 않겠는가.

"저자가 혹시 절강성의 그 담가인가?"

"그, 그렇네."

"음!"

대답을 들은 오규산이 잠시 고개를 갸웃하더니, 슬쩍 뒷걸음질을 쳤다.

"뭐, 뭐하는 건가?"

싸워야 하는 순간에 오히려 뒤로 물러서다니. 있을 수 없는 일이었다. 하지만 오규산은 아무런 거리낌도 없이 몇 걸음 더 뒤로 물러서며 말했다.

"나 하나 더한다고 승패가 바뀔 것 같지는 않으니, 일단은 사태를 관망해야지."

"어찌 그런 짓을 한단 말인가!"
"크큭, 자네도 그러고 있지 않나?"
"뭐, 그, 그건!"
뭐라 항변하려던 왕유생이 저도 모르게 말을 끊었다. 비열한 행동이지만, 오규산에게 동조하는 것이 겁쟁이가 되는 것보다는 낫다는 판단이었다.
오규산이 피식 웃으며 말했다.
"일단 좀 더 지켜보자고. 일이 틀어졌을 때 보고할 사람이라도 있어야 될 것 아닌가."

'흑야!'
지붕 꼭대기를 넘는 순간, 담기령은 원래 착용하고 있던 일부분이 아닌 흑야 전체를 소환했다.
"후웁!"
담기령은 곡선을 그리며 하늘을 찌를 듯 치솟은 처마 끝에 선 채 마을 전체를 살폈다.
"흠!"
멀리서 볼 때는 그저 평범한 마을이었다. 하지만 이렇게 마을 안의 높은 곳에서 살펴보니 평범함과는 아주 거리가 먼 형태였다.
마을을 가로지르는 큰길과 집과 집 사이의 골목들이 위

급한 순간에 양쪽 입구만 막으면 외부의 적을 완전히 차단할 수 있는, 일종의 요새였다.

자리 잡고 있는 집들 중 일부는 아주 오래되었지만, 또 다른 일부는 비교적 세월의 흔적이 느껴지지 않은 것으로 보아 원래 있던 마을을 차지하고 꽤 손을 본 듯했다.

요란한 경종 소리에 집집마다 장정들이 병장기를 들고 몰려나왔다. 보통의 마을 장정들이라면 낫이며 괭이 같은 농기구를 무기 대신 들었겠지만, 이 마을의 장정들은 하나 같이 새파랗게 날이 벼려진 도검을 들고 있었다.

"저기다!"

"침입자다!"

이쪽을 향해 달려오던 장정들이 처마 끝에 선 담기령을 발견하고는 큰 소리로 외쳤다. 그 모습을 본 담기령의 두 눈이 깊이 가라앉았다.

지금 당장 몰려온 자들이 근 백 명이었다. 그리고 산을 향해 달려가는 이들 또한 백여 명. 저들도 잠시 후 이쪽을 향해 달려오리라.

"후읍!"

짧게 호흡을 정돈한 담기령의 온몸에서 푸르스름한 빛이 떠올랐다. 점점 짙어진 푸른빛이 흑야의 표면을 거미줄처럼 빽빽하게 뒤덮었다. 기를 꼬아 만든 삭(索)을 전신 갑주에 두른 것이었다.

꽝, 콰앙!

그때, 담기령이 서 있는 집 아래에서 굉음이 터져 나왔다.

"시작했군!"

담기명과 마용문의 싸움이 시작된 모양이었다. 그렇다면 이제 담기령도 자신의 싸움을 할 때였다.

"타앗!"

이쪽을 쳐다보며 득달같이 달려오는 백여 명의 무인들. 담기령의 신형이 그 한가운데로 떨어져 내렸다.

캉, 카캉!

수많은 도검이 담기령의 몸뚱이를 두드려 댔다. 하지만 단 한 번의 공격도 담기령의 전신을 뒤덮고 있는 삭의 막을 찢어 내지 못했다. 그 대신 도삭을 휘감은 창월의 칼날이 그들을 찢어발겼다.

"으아아악!"

비명이 난무했다.

담기령이 펼치고 있는 것은 팔황무가 아니었다. 전신을 흑야와 삭으로 보호한 채 무작정 칼을 휘두르는 것이었다. 공력의 소모도 크고 아무런 체계도 잡히지 않은 싸움 방식이었지만, 적들 중 아주 뛰어난 고수가 없을 경우 빠르게 제압할 수 있기에 담기령이 가끔 쓰는 방식이었다.

갑옷에 기를 덧씌워 방어를 극한으로 끌어 올린다는 점에서는 어느 정도 팔황불괘공에 기반을 두고 있기는 하지만, 어쨌든 무공이라 부르기에는 애매한 부분이 많았다.

담기령을 중심으로 큰길이 순식간에 붉게 물들었다.

마을의 요새와 같은 구조는 외부의 적을 막는 데는 효율적인지 몰라도 이미 침입한 적을 잡는 데는 아무런 효과도 보이지 못하고 있었다.

혼자서 백 명이 넘는 적을 상대하는데, 조금도 그런 느낌이 들지가 않았다. 오히려 한 명인 담기령이 백여 명인 마을의 무인들을 도륙하고 있는 느낌.

조가로 향하다가 뒤늦게 돌아온 무인들이 합류를 하고 있었음에도 그러한 느낌은 조금도 희석되지가 않았다.

"음?"

순간, 정면으로 달려드는 두 명의 적들 베어 넘기던 담기령의 시선이 순간적으로 한곳에 고정되었다.

저 멀리, 이쪽으로 다가오지 않고 슬금슬금 물러서는 두 개의 인영이 눈에 들어왔던 것이다. 담기령의 입가에 피식 미소가 떠올랐다.

'이야기해 볼 놈들이 늘었군.'

대게 저렇게 제 목숨을 아끼는 자들에게는 들을 수 있는 이야기가 많은 편이었다.

꽈르르릉!

그때, 담기령의 뒤쪽에 있던 마용문의 집이 그대로 무너져 내렸다. 힐끔 시선을 돌려 그것을 확인한 담기령의 두 손이 더욱 바쁘게 움직였다.

9장
구출

사람의 몸은 끊임없이 움직인다.

움직이지 말고 가만히 서 있어야 한다고 할 때, 실제로 조금도 움직이지 않고 가만히 서 있는 것은 거의 불가능에 가깝다. 오른발과 왼발이 번갈아 가며 조금 더 무게를 지탱하고, 어깨나 팔과 손, 등과 허리, 그리고 목까지 조금씩이라도 움직여 주어야만 버틸 수가 있다.

사람의 몸은 쉴 새 없이 긴장과 이완을 반복해야만 하기 때문이다. 그렇지 않으면 아무리 참을성이 좋다 해도 몸이 버텨 주지 못한다.

그런데 원치 않는데도 절대 움직일 수 없는 상황이 있

다. 바로 점혈당한 상태였다.

"크으윽!"

메마른 신음이 입술 사이를 비집고 새어 나왔다. 자신의 신음 소리에 하세견은 한껏 인상을 찡그렸다. 점혈당한 채로 갇혀 있는 탓에 온몸의 관절이 뻣뻣하게 굳어 가는 게 느껴졌다. 관절만이 아니었다. 움직이지 못하고 계속 긴장된 채인 근육은 결국 망가질 수밖에 없다. 그것이 한층 더 심한 고통을 불러일으켰다.

하지만 하세견은 이를 악물고 신음을 참으려 애썼다. 자신이 이런 모습을 보이면, 겨우 정신을 붙잡고 있는 단원들이 약해지리라는 것을 알기 때문이었다.

"살려 주십시오."

아무것도 보이지 않는 동굴 안에 단원들의 절규가 잘게 메아리쳤다. 하지만 그 절규에는 아무런 힘도 들어가 있지 않았다. 그 정도로 심하게 지친 것이었다.

한참을 굶은데다 물 한 모금 마시지 못한 상태였다. 깜깜한 어둠 속에 갇혀 있는데다 점혈을 당한 탓에 감각까지 둔해져 며칠이나 지났는지도 알 수가 없었다.

아무것도 보이지 않아 알 수는 없었지만, 아마 단원들 중에 이미 생을 마감한 이도 있으리라.

그래도 들리는 소리로 보아 아직까지는 살아 있는 단원

들이 훨씬 많았다. 아무래도 단련된 무인의 몸이라 지금까지 버틸 수 있던 것이다.

하지만 그것도 오래가지는 못할 것 같은 느낌이 뇌리를 스쳤다.

'이대로 죽는 건가?'

하세견의 머릿속에 죽음에 대한 생각이 가득 찼다. 처음 이곳에 갇혔을 때만 해도 백무결이 구하러 올 거라는 막연한 기대를 가지고 있었지만, 이제는 그마저도 포기한 채였다.

'이 정도 일을 실행할 수 있는 놈들이라면, 아무리 무결이라도 우리를 찾지 못할 수도 있다.'

한 번 그런 생각이 떠오르고 나니 애써 머릿속을 비우려 해도 절망감과 공포만이 머릿속을 가득 채웠다.

"단주님이 구하러 와 주실 겁니다. 그렇지요?"

이곳에 갇힌 후 계속 옆에 있던 곽사성이 자신들의 유일한 희망인 백무결에 대해 말했다. 그렇게라도 해야 했다. 이런 때에 삶에 대한 희망마저 없으면 도저히 버텨 낼 수가 없기 때문이었다.

"그래, 와 주실 거다."

하세견이 애써 힘주어 대답했다. 하지만 정작 곽사성의 두 눈에는 찔끔 눈물이 맺혀 있었다. 단원들을 위해 희망적인 이야기를 했지만, 정작 본인은 한계에 도달한 모양이었다.

"자, 잠깐!"

그때, 하세견이 갑자기 큰 소리로 외쳤다. 동시에 온몸에 갑자기 소름이 돋는 느낌을 받았다.

"왜 그러십니까?"

"내가 어떻게 네 얼굴을 볼 수 있지?"

"네?"

"너, 너도 지금 혹시 내 얼굴이 보이지 않나?"

하세견의 물음에 잠깐의 정적이 흘렀다. 그리고 누가 먼저라고 할 것도 없이 단원들 모두가 외침을 터트렸다.

"보, 보입니다!"

"가, 갑자기 보이기 시작했습니다!"

단원들 모두가 터트린 외침이 서로 엉키며 도저히 알아들을 수 없는 말이 되었지만, 어쨌든 그 뜻은 모두 같았다.

'보, 보인다는 말은?'

지금까지 아무것도 보이지 않다가 갑자기 보이기 시작했다는 말은 어디선가 빛이 새어 들어오고 있다는 뜻이었다. 물론 아직까지 빛이 들어오는 방향을 가늠할 정도는 아니었다. 하지만 단련된 무인의 눈이 미약한 빛에 의지해 어둠 속에서 사물을 구분할 수 있게 된 것이었다.

그리고 빛이 들어온다는 말은 또 한 가지 의미를 가지고 있었다.

"모두 조용!"

하세견이 남아 있는 기력을 모두 쥐어짜 외쳤다. 외침과 동시에 왁자하게 메아리가 울리던 동굴이 단번에 정적에 휩싸였다.

하세견이 단원들을 향해 침착한 목소리로 말했다.

"조용히 하고 내 말을 들어라. 빛이 들어오고 있다는 말은, 누군가 이 동굴로 들어왔다는 말이다."

여기저기서 안도의 한숨이 터져 나왔다. 하세견은 그 소리를 들으며 이야기를 이었다.

"하지만 걱정되는 것은, 그 누군가가 우리를 이곳에 가둔 자들일 가능성이 크다는 점이다."

또다시 긴장감이 퍼졌다. 하지만 모두들 절망 속에서 희망을 본 참이었다. 그렇기에 불안한 마음을 애써 억누른 채 하세견의 이야기에 끝까지 귀를 기울였다.

"만약 적이라면 우리에게 또 다른 희망이 없을 수도 있다. 어쩌면 이 자리에서 모두 한꺼번에 죽음을 맞이할지도 모른다. 하지만 마지막 인사는 하지 않겠다. 끝까지 희망을 버리지 마라."

"예!"

모두들 극심한 탈진 상태인데도 힘차게 대답했다.

그때, 곽사성이 나지막한 목소리로 말했다.

"뭐, 뭔가 들립니다."

"음?"

하세견이 흠칫한 표정을 지으며 귀를 기울였다. 다른 단원들 또한 모두 마찬가지. 숨소리조차 죽인 채 귀에 모든 신경을 집중했다.

그런 서하단 단원들의 귓전에 맴도는 희미한 소리.

"서하단 단원들을 소리가 들리면 대답해라!"

멀리서 들리는데다 메아리까지 겹쳐 소리가 분명하지 않았음에도 서하단 단원들은 그 말을 똑똑히 알아들을 수 있었다. 게다가 그 목소리는 그들 모두가 잘 아는 이의 목소리였음이니.

누군가의 울먹이는 목소리가 새어 나왔다.

"다, 단주님이다!"

하세견이 마지막 남은 힘을 모두 쥐어짜 외쳤다.

"무결! 여기다! 우리 여기에 있다!"

그리고 서하단 단원 모두가 한마음으로 외쳤다.

"단주님!"

"여깁니다! 저희 여기에 있습니다!"

그렇게 얼마나 외쳤을까. 주변이 조금씩 밝아진다 싶더

니, 일렁이는 불빛과 그에 따라 흔들리는 세 개의 그림자가 동굴의 벽에 비쳐졌다.

"모두들 괜찮은가!"

그리고 백무결의 울먹이는 듯한 목소리와 함께 세 개의 그림자가 서하단 단원들이 갇혀 있는 동굴로 들어섰다.

"이 친구야, 왜 이제야 와?"

하세견이 마지막 힘을 쥐어짜며 그렇게 말을 하고는 그대로 정신을 잃었다. 백무결이 없는 동안 서하단을 책임져야 하는 중압감에 그 누구보다 긴장하고 있던 그였다. 그런데 갑자기 긴장이 풀린 탓에 그대로 혼절한 것이었다.

"으으으윽!"

하세견은 누군가 자신의 몸을 눌러 대는 느낌에 신음을 흘리며 눈을 떴다. 그렇게 정신을 차린 후 눈에 들어온 것은, 자신의 팔과 다리를 주물러 풀어 주고 있는 백무결의 모습이었다.

점혈을 당했다가 금세 해혈을 해 주면 상관이 없었지만, 긴 시간 점혈당해 근육이 굳어 있을 때는 이렇게 주물러 주거나 추궁과혈을 해 주어야 했다. 그렇지 않으면 꽤 오래 고생을 하기 때문이었다.

효과는 추궁과혈이 훨씬 좋지만 공력의 소모가 발생하는

일이었다. 잡혀 있던 서하단 단원들의 수가 오백여 명인데, 그 모두에게 추궁과혈을 해 줄 수는 없으니 이렇게 주물러 주는 것이었다.

좌우로 눈동자를 움직여 보니, 단원들이 서로의 팔다리를 주물러 주며 점혈로 인해 굳은 몸을 풀어 주고 있었다.

"그, 그만하게. 이제 괜찮네."

그 소리를 듣고서야 하세견이 정신을 차렸다는 것을 알아차린 백무결이 고개를 돌렸다.

"아, 정신이 돌아오는가?"

"그래. 자네가 와 줘서 천만다행일세."

하세견의 말에 백무결이 쓴웃음을 지으며 말했다.

"기령이, 저 친구가 없었으면 못 찾았을 걸세."

"음?"

하세견이 반사적으로 고개를 움직이며 동굴 안을 살폈다. 그리고 저 멀리, 커다란 주머니를 들고 돌아다니며 단원들에게 물을 먹이고 있는 담기령과 담기명의 모습을 찾을 수 있었다.

'저자가 왜 여기에?'

마지막으로 보았을 당시, 담기령에게 심하게 면박을 당했던 하세견이었다. 게다가 그때 담씨세가의 은광을 턴 임사균에게서 그것들을 강탈하기도 했기 때문에 더욱 껄끄러

운 마음이 들었다.

하지만 그걸 여기서 드러낼 수도 없는 일.

"그랬군. 음, 그런데……."

하세견이 은근슬쩍 말꼬리를 흐렸다.

"왜 그러나?"

"어두워서 아무것도 보이지 않을 때는 확인을 할 수가 없었는데, 단원들 중에 죽은 이들도 있는 것 같았네. 몇 명이나 그리되었나?"

"으음, 자네가 쓰러져 있는 동안 대강 확인한 바로는 쉰 명 정도……."

"하아, 미안하네."

하세견이 괴로운 표정으로 말했다.

"어디 그게 자네 탓인가? 일단은 그런 생각 말고 몸이나 추스르게. 모두들 데리고 여기를 나가는 것이 우선일세."

"아, 알겠네."

평소에는 사냥꾼이나 약초꾼조차 거의 찾아 볼 수 없는 이름 없는 돌산 산등성이에 환한 빛이 새어 나왔다. 산등성이의 뻥 뚫린 동굴에서 새어 나오는 빛이었다.

동굴 안에 피워 놓은 수십 개의 모닥불 주위로는 적게는 대여섯 명, 많게는 열 명씩 사내들이 모여 있었다. 대략 오백여 명 정도의 사내들. 모두들 별다른 말 없이 불을 쬐고 연신 제 손으로 자신의 팔다리를 주무르며 몸을 추스르는 모습이었다.

그리고 그 옆으로 거대한 나뭇단을 쌓고 있는 두 명의 사내가 보였다.

"후우, 이 정도면 오늘 밤은 괜찮겠지?"

담기령이 이마에 맺힌 땀을 닦으며 말했다.

"이 정도면 충분할 것 같습니다, 형님."

담기명도 어깨에 잔뜩 짊어지고 온 마른 나무들을 쌓아 놓은 나뭇단 위에 얹으며 고개를 끄덕였다.

제대로 쪼개고 말린 장작은 아니었지만, 산 전체를 돌며 땔감으로 쓸 만한 나무들을 모조리 긁어모아 온 참이었다.

그때, 백무결이 두 사람 곁으로 다가오며 말했다.

"수고했네. 자네들한테 이런 일까지 하게 만들다니, 이것참 염치가 없군."

"숙영을 하면 늘 있는 일이니 신경 쓰지 말게."

담기령이 별일 아니라는 듯 손을 내저으며 말했다.

"일단 앉아서 이야기를 마저 하세."

"그러지."

동굴 안에서 불을 쬐고 있는 이들은 모두 이 동굴에 갇

 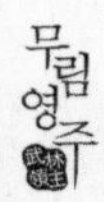

혀 있던 서하단 단원들이었다. 담기령과 백무결은 서하단 단원들을 인근에 있는 큰 도회의 객잔으로 데리고 갈 생각이었다. 하지만 모두들 긴 시간 점혈의 후유증으로 몸을 제대로 가눌 수 없는 탓에 오늘 하루는 이곳에서 보낼 수밖에 없었다.

백무결을 따라 한쪽에 비어 있는 모닥불 자리로 다가가던 담기령이 잠시 멈칫했다. 그 불가에 하세견이 자리를 잡고 앉아 애매한 표정으로 자신을 보고 있는 모습을 발견한 탓이었다.

"왜 그러나?"

멈칫하는 담기령의 모습에 백무결이 뒤를 돌아보았다. 그러다 담기령이 하세견을 보고 있는 것을 확인하고는 피식 웃으며 말했다.

"신경 쓰지 말게. 저 친구도 그때 일은 마음에 담아 두지 않기로 했네. 편하지는 않겠지만, 저 친구도 서하단의 부단주일세. 앞으로의 일을 논하려면 저 친구 이야기도 들어 봐야 하지 않겠나?"

백무결의 말에 담기령이 피식 웃으며 고개를 끄덕였다.

'무결이, 이 친구는 아직 모르는 모양이군. 하긴, 그걸 안다면 지금까지 같이 있을 리가 없지.'

담기령은 삼 년 전, 하세견과 임사균, 그리고 명도문 사이에 있던 일에 대해 알고 있었다. 당연히 마음이 내킬 리가 없었다. 하지만 그 일은 더 이상 들추지 않겠노라 이석약과 약속을 한 터였다. 그러니 이곳에서 그런 내색을 할 수는 없었다.

"그랬군. 자, 가세."

담기령이 고개를 끄덕이며 불가로 먼저 성큼성큼 걸어가 하세견의 맞은편에 털썩 주저앉았다.

"몸은 좀 괜찮으시오?"

"뭐, 덕분에 이제 많이 나아졌소이다."

하세견이 시큰둥한 목소리로 대답했다. 임사균, 명도문과의 일을 차치하더라도 두 사람은 편한 관계가 아니었다. 삼 년 전, 복귀도 토벌 직전에 두 사람은 크게 충돌했고, 당시 담기령이 하세견을 비난했던 일이 있었기 때문이다.

하세견은 자신과 명도문 사이의 일을 담기령이 알고 있다는 사실을 모르니 일단 그때의 감정에 맞춰 일부러 그런 모습을 보였다. 그렇지 않으면 담기령의 날카로운 눈에 무언가 이상하게 비춰질 게 뻔하기 때문이었다.

하지만 담기령은 그 일련의 일들을 잘 알고 있었다. 그리고 지금 하세견이 이런 반응을 보이는 이유에 대해서도 정확하게 파악하고 있었다.

그러니 그런 모습에 장단을 맞춰 줄 필요가 있었다.

"그동안 무림의 소문으로 이야기는 많이 들었소. 대단한 활약을 보이고 있더군."

서하단을 통해 가장 이름을 날린 이는 백무결이었지만, 부단주인 하세견 또한 백무결 못지않은 명성을 얻고 있었다.

"처주무련의 련주께서 나 같은 무명소졸에게도 관심을 가져 주다니, 참 부담스럽소이다."

비꼬는 것이 명백한 말투였다. 하지만 담기령은 그런 정도에 발끈할 성격이 아니었다.

"최근에 절강무련이 만들어졌는데, 그 이야기는 듣지 못하신 모양이오?"

"절강무련?"

하세견도 처주무련에 대해서는 가끔 소문으로 듣고 있었다. 하지만 아직 절강무련을 결성하고 그 소문이 퍼질 즈음에 서하단은 독산의 산적들과 등주 인근의 수적들을 상대하고 있었기에 아직 소문을 듣지 못한 것이었다.

놀라 되묻는 하세견의 말에 담기령이 살짝 코웃음을 치며 대답했다.

"당연히 내가 거기 련주요. 앞으로는 절강무련 련주라 불러 주면 고맙겠소이다."

방금 전 자신을 비꼬았던 하세견의 말을 받아친 것이었다.

“흥, 그리하리다.”

그런 두 사람의 모습에 백무결이 조금 난감한 표정으로 달래듯 말했다.

“자자, 그런 이야기는 이제 그만하지. 두 사람 사이에 앙금이 있다는 건 알지만, 나를 봐서라도 좀 마음들을 풀게.”

그 말에 담기령이 짐짓 놀란 표정으로 말했다.

“앙금이라니? 나는 그런 거 없네.”

뒤이어 하세견도 지지 않겠다는 듯 과장스러운 표정으로 말했다.

“음, 그건 또 무슨 말인가? 자네 오늘 전혀 모를 소리를 하는구먼.”

백무결이 쓴웃음을 지으며 그런 두 사람을 번갈아 보았다. 하지만 자신이 어찌할 수 있는 부분이라는 걸 그 역시 알고 있었다. 결국 어깨를 으쓱거리며 한숨을 탁, 내쉬었다.

“하아, 알겠네. 그럼 그런 이야기 말고, 앞으로 어찌할지를 먼저 이야기하세.”

담기령과 하세견이 서로를 한 번 쏘아본 후, 누가 먼저

라고 할 것도 없이 코웃음을 치며 대답했다.

"그렇게 하세."

"그러지."

백무결이 다시 한 번 힘겨운 한숨을 내쉰 후, 담기령을 향해 물었다.

"자네는 이대로 무림맹으로 갈 생각인가?"

"원래 목적은 자네와 같이 가는 것이었는데, 지금 상황이 그건 좀 힘들겠지?"

담기령의 말에 백무결이 난감한 표정으로 잠시 하세견을 보았다.

담기령이 자신을 찾아온 이유에 대해 이미 들은 참이었다. 그렇게 찾아온 덕분에 자신도 파옥이라는 선택을 하지 않고도 풀려날 수 있었고, 서하단 단원들도 구할 수 있었다.

그러니 자신도 당연히 도와주어야 했다. 다만, 단원들이 고초를 겪다가 이제 막 풀려난 참이었다. 게다가 단원들 중 죽은 이들도 있었다. 그런 상황에서 자신이 자리를 비워야 한다고 생각하니, 아무래도 신경이 쓰일 수밖에 없었다. 이러지도 저러지도 못하는 애매한 입장인 것이다.

"무슨 일인가?"

그러자 하세견이 궁금한 얼굴로 물었다. 그는 아직 전후의 사정을 듣지 못했던 것이다.

"기령이가 날 찾아온 이유가 따로 있었다네."

백무결이 하세견에게 간략하게 그간의 일을 설명해 주었다. 이야기를 다 들은 하세견이 대수롭지 않은 얼굴로 말했다.

"그런 정도면 자네도 함께 올라가게."

"어찌 그러겠나? 단원들이 몸도 성치 않은 마당에 또 나 혼자 빠지는 건 말이 안 되지."

"객잔만 잡아 주게. 그 정도야, 처주무련…… 아니, 절강무련 련주께서 내주시겠지."

하세견이 담기령을 향해 눈을 흘기며 말했다. 그 모습에 담기령이 또 한 번 코웃음을 치며 백무결에게 말했다.

"서하단 단원들이 자네를 잠시 빌려 준다면, 나도 그 정도는 해 줘야겠지."

"하, 하지만……."

백무결이 난감한 표정을 짓는데 하세견이 말을 더했다.

"다녀오게. 우리 서하단이 어디 자네 한 사람 없다고 아무것도 못하는 사람들인가? 이번 일이야 예기치 못한 상황에 그리 당한 것이지만, 이제부터는 충분히 주의할 테니 너무 걱정 말게."

"그래도 내가 어찌 그럴 수가 있겠나?"

"어허, 자네가 그러면 우리가 오히려 담 련주께 빚진 기분이 들지 않겠나?"

그것이 하세견의 진심이었다. 껄끄러운 담기령에게 괜히 빚진 기분을 갖고 있기가 싫었다.

하세견이 이렇게까지 말을 하니 백무결도 조금은 결정을 내리기가 수월했다.

"그렇게까지 말을 해 주니 고맙네. 그래도 다들 몸이 성치 않은데, 괜찮겠나?"

"하, 자네 우리가 그 정도로 허약해 보이나? 물론, 굳었던 몸이 아직 다 풀리지는 않았지만, 다들 제 앞가림은 할 수 있는 정도일세."

"알겠네. 그럼 나는 먼저 무림맹으로 갈 테니, 자네는 몸이 괜찮아지거든 그때 올라오게."

그때, 하세견이 뒤늦게 생각이 났다는 듯 말을 돌렸다.

"그러고 보니 화탄에 대해서도 무림맹에 이야기를 전해야 하지 않나?"

"그렇기는 한데, 자네들도 그렇고 나도 그렇고, 화탄을 뺏겨 버렸으니……."

화약과 관련된 일이었다. 확실한 증거도 없이 이야기를 하기에는 애매했다.

두 사람의 대화에 담기령이 끼어들었다.

"다른 증거가 있지 않나?"

"다른 증거?"

"그놈들."

"아!"

담기령의 말에 백무결이 그제야 생각이 났다는 듯 고개를 끄덕였다. 하지만 하세견은 모르는 이야기였다.

"그놈들이라니?"

"그 마을 놈들 중에 사로잡은 놈들이 있네."

하가촌을 공격했던 날, 하가촌 촌장인 마용문 외에 몇 명을 더 사로잡아 따로 가둬 놓은 참이었다.

당시 거의 학살에 가까운 광경을 만들어 낸 담기령의 모습에 하가촌의 무인들 중 절반은 무기를 버리고 달아나거나 엎드려 목숨을 구걸했다.

그때, 담기령이 눈여겨보던 자들이 있었는데, 일찌감치 싸움판에서 물러나 사태를 관망하던 왕유생과 오규산이었다.

승패의 균형이 담기령 쪽으로 기울고, 남아 있던 하가촌의 무인들이 엎드리거나 달아나기 시작하자 그 두 사람도 재빨리 도망을 쳤다.

하지만 이미 신경을 쓰고 있던 담기령이 쫓아갔고, 때마

침 산에서 내려오던 백무결과 마주치면서 그 두 사람을 사로잡을 수 있었다.

담기령이 그 두 사람을 신경 쓴 이유는, 동료들의 죽음을 상관치 않고 제 몸을 챙기며 기회를 엿보는 간사함 때문이었다.

보통 그런 자들은 제 자신을 위해 사는 자들이었다. 그런 만큼 제 안위를 위해서라면 어떤 것이든 팔아넘길 수 있고, 정보를 얻기에는 더없이 좋은 대상이라 여긴 것이었다.

그리고 예상대로 그들은 알고 있는 것을 술술 풀어냈다. 물론, 아직까지 결정적인 내용은 말을 하지 않은 참이었다. 자신들의 안위가 보장되지 않는 한 절대 말하지 않겠다며 버티고 있는 상황이었다.

충분히 그럴 만한 이유였기에, 담기령은 일단 그 두 사람과 마용문을 가둬 놓고 이곳으로 올라왔다.

아직 무림맹까지 갈 길이 멀었다. 그동안 충분히 이야기를 나눌 수가 있으리라.

"그들에게서 알아낸 게 있나?"

하세견의 물음에 백무결이 아닌 담기령이 대답했다.

"물론이오. 그간 무림맹에서 쫓고 있던 놈들에 대해서 꽤 많은 것을 알 수 있었소."

담기령이 설명을 했지만, 하세견은 여전히 백무결에게 시선을 고정시킨 채 말했다.

"그럼 그놈들을 데리고 올라가면 화탄이 없어도 상관이 없겠군."

"그럴 것 같네."

하세견이 고개를 끄덕이며 물었다.

"그럼 내일이라도 당장 출발해야겠군."

"그래야지. 일단 오늘은 여기서 몸을 추스르게. 내일 객잔을 잡을 테니, 거기에서 충분히 쉬고 몸이 괜찮아지면 그때 무림맹으로 오게나."

"알겠네."

두 사람의 대화가 끝나고, 담기령이 몸을 일으켰다.

"그럼 내일 보세."

"음, 어딜 가는 겐가?"

"방금 말한 놈들이 잘 있는지 봐야지."

서하단이 갇혀 있는 동굴에 대한 이야기를 들은 후, 이곳으로 올라오는 길에 산 중턱에 있는 낡은 움막에 마용문과 왕유생, 오규산을 가둬 놓고 온 참이었다.

사냥꾼들이 산에서 밤을 보낼 때 쓰는 움막인 듯 보였는데, 사람의 손이 닿지 않은 지 꽤 세월이 흘렀는지 반쯤 허물어진 집이었다.

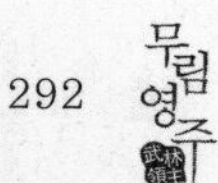

그 정도면 다른 사람이 발견할 걱정은 없겠다 싶어 두고 왔다. 하지만 너무 오래 그들 세 사람만 둘 수는 없기에 이제라도 내려가려는 것이었다.

"아, 알겠네. 그럼 내일 보세."

"네놈들이 도주님을 배신하고도 무사할 줄 아느냐!"

창백한 안색의 마용문이 살기가 번들거리는 눈으로 왕유생과 오규산을 노려보았다.

"저, 저는 아무 말도 하지 않았습니다!"

왕유생이 기겁한 표정으로 고개를 내저었다. 그러나 오규산은 피식 웃으며 말했다.

"뭐, 여기서 빠져나간다 해도 무사하기는 힘들지 않겠습니까? 거점 마을 하나를 잃었는데 도주께서 용서하실 리는 없고. 그러니 일단 살 방법을 찾아야 되지 않겠습니까?"

"그 담가 놈이 너를 살려 줄 것 같더냐?"

마용문이 버럭 소리를 질렀지만, 오규산은 여유로운 표정으로 대답했다.

"당주님도 참 사람을 볼 줄 모르시는군요."

"뭣이?"

"그 담기령이라는 자는 거래를 할 줄 아는 사람이라는

말입니다."

"거래?"

"예. 제가 앞으로 무사히 살 수 있도록 안전을 보장해 준다고 했거든요."

"멍청한 놈, 그런 말을 믿는단 말이냐? 분명히 정보만 알고 나면 네놈을 죽일 게다."

하지만 오규산은 걱정할 것 없다는 얼굴이었다.

"그러는 사람도 있고, 그러지 않는 사람도 있는 법이지요. 제가 본 담기령 그자는, 적어도 거래를 한 사안에 대해서는 분명히 지키는 사람이었습니다."

"허, 그 짧은 시간에 그런 게 잘도 보였구나."

마용문의 비꼬는 말에도 오규산은 표정 하나 변하지 않은 채 고개를 끄덕였다.

"물론이지요. 그러게 처음부터 제 말대로 했으면 이렇게까지 될 일은 없지 않습니까?"

"지금 이 일이 내 탓이라 말하는 것이냐!"

"그럼 아니란 말입니까?"

"저, 절대 네놈은 용서치 않을 것이다!"

마용문이 버럭 소리를 질렀다. 하지만 돌아온 것은 비웃음뿐이었다.

"그러십시오. 물론, 당주님이 살아남을 수 있어야 가능

한 일이겠지만요."

"크, 크윽!"

마용문이 눈꼬리를 파르르 떨며 오규산을 죽일 듯 노려보았다. 그때, 갑자기 누군가의 목소리가 들렸다.

"오 향주는 꽤 사람을 볼 줄 아는군."

깜짝 놀라 고개를 돌려보니, 문이라 부르기도 민망한 지경이 된 움막의 문이 열리며 담기령이 안으로 들어섰다.

오규산이 입가에 비틀린 미소를 지으며 대답했다.

"흥, 덕분에 내가 여기까지 올라온 거지."

"지금보다 더 사람을 볼 줄 알았다면, 지금 이 꼴도 안 났을 텐데 말이지?"

"크흐흐, 그거야 내 의지대로 할 수 있는 게 아니니까."

오규산의 대답에 담기령이 슬쩍 고개를 끄덕인 후, 담기명에게 말했다.

"상처를 살펴보아라."

마용문을 두고 한 말이었다. 싸우던 중 팔이 잘려 나갔기에 조금만 잘못되도 목숨이 위험할 수도 있었다. 실제로 출혈도 꽤 컸던 탓에 여전히 안색이 창백했다.

"필요없다!"

마용문이 격한 목소리로 외쳤지만, 담기명은 그 소리가

들리지 않는 듯 마용문의 상처를 살폈다.

그사이, 담기령이 오규산을 향해 말했다.

"지금이라도 자세히 말을 해 주면, 내가 오 향주의 안전은 확실하게 보장을 해 주지."

"크흐흐, 우리 좀 냉정해집시다."

"음?"

"아무리 그래도 당신보다는 무림맹주에게 보장받는 게 더 확실하지 않겠소?"

"하지만 무림맹주가 나처럼 거래를 제대로 할지는 알 수 없는 일 아닌가?"

"그거야 내가 방법을 생각해 두었으니 걱정 마시오."

"그럼 나한테 그 방법을 쓰면 될 텐데?"

담기령의 입장에서는 고급 정보를 자신이 쥐는 것이 유리했다. 하지만 오규산은 완강하게 버틸 뿐, 좀처럼 입을 열지 않았다.

담기령이 어쩔 수 없다는 듯 한숨을 내쉬며 말했다.

"후우, 좋아. 그렇게 하게. 하지만 나중에 혹시라도 후회할 일이 생겨도 나는 모르네."

"말하지 않았소, 그건 내가 알아서 할 거라고."

오규산은 사로잡힌 입장인데도 오히려 제가 더 큰소리를 쳤다. 하지만 담기령은 별로 신경 쓰지 않고 고개를 끄덕였다.

"뭐, 그럼 그렇게 하든지. 아무튼 내일부터는 먼 길을 가야 할 테니 푹 자 두는 게 좋아."

"음? 설마 이 꼴로 걸어 다니라는 건가?"

"그럴 리가 있나. 마차를 빌릴 생각이니 잠이나 자 둬."

"크흐흐, 역시 뭘 좀 아는 사람이군."

그사이, 담기명이 곁으로 돌아왔다.

"다행히 더 이상 출혈은 없습니다. 무인의 몸이라 상세가 중하기는 해도 크게 걱정하지 않아도 될 듯합니다. 그래도 혹시 모르니, 내일 의원에게 한 번 보이는 게 좋겠습니다."

그 말에 마용문이 버럭 소리를 질렀다.

"필요 없다. 차라리 날 죽여라!"

하지만 담기령은 마용문의 말이 들리지 않는 듯, 담기명에게 말했다.

"네가 말한 대로 경지에 오른 무인의 몸이다. 멀쩡하지는 않아도 빨리 나을 테니, 의원까지는 필요가 없을 게야."

"그런데……."

"왜 그러느냐?"

담기명이 힐끗 마용문을 돌아보더니, 담기령에게 귓속말

로 말했다.

"저리 나오는 모양새가 혹시 혀를 깨물고 자결이라도 하려 들면 어쩝니까?"

"그럴 생각이면 우리가 없을 때 이미 했을 것이다."

"그렇기는 하군요."

"그럼 잠이나 자자."

10장

거래, 그리고 드러나는 흑막

"세상 어디라도 쫓아가 네놈만큼은 반드시 찢어 죽일 것이다!"

마용문이 부득부득 이를 갈며 말했다. 하지만 오규산은 조금도 무섭지 않다는 듯, 오히려 짜증스러운 표정으로 말했다.

"거참, 조용히 좀 하시지요. 어디 시끄러워서 잠을 잘 수가 있어야지."

"네, 네놈이 감히!"

마용문이 악을 쓰며 외쳤다. 그때, 담기명 또한 짜증스러운 목소리로 외쳤다.

"조용히 하시오!"

마차를 타고 달린 지 사흘째였다. 그리고 그 사흘 내내 마용문은 저러고 있었다. 틈만 나며 오규산을 향해 저주의 말을 퍼부으며 으르렁거리는 것이다.

자연 담기명 입장에서는 짜증이 날 수밖에 없는 일. 게다가 무림맹 총타에 닿으려면 아직 이틀을 더 움직여야 했다. 그 이틀 동안 저 꼴을 계속 보고 있자니 더욱 짜증이 솟구쳤다.

'형님께 말해서 따로 떨어트려 놓든지 해야지, 이거 원.'

출발할 때, 담기령은 두 대의 마차를 빌렸다. 담기명이 오규산, 왕유생, 마용문과 함께 한 대를 차지했고, 나머지는 담기령과 백무결이 타고 있었다.

그동안은 가급적 참으려 노력했던 담기명이지만, 이제는 더 이상 참기가 어려워진 것이었다.

그때, 힘차게 달리던 마차가 속도를 줄이는가 싶더니, 이내 관도 옆의 공터에 멈춰 섰다.

"음?"

아직 말들을 쉬게 할 때가 아니었기에 담기명이 궁금한 얼굴로 마차 창밖으로 고개를 내밀었다.

"아, 형님!"

앞쪽의 마차에서 담기령이 내려 이쪽으로 오는 모습이

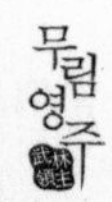

보였다. 그렇지 않아도 저 마용문을 따로 떨어트려 놓아야겠다고 생각했던 담기명이 마침 잘됐다 싶은 얼굴로 마차 문을 열었다.

"형님, 그렇지 않아도 할 얘기가 있었습니다."

"무슨 이야기를?"

"저 마 당주라는 사람 말입니다. 아무래도 다른 두 사람과 따로 떨어트려 놓아야겠는데요?"

담기령이 무슨 일인지 눈치를 챈 듯 픽 웃으며 물었다.

"꽤 시끄러운 모양이구나."

"하아, 귀가 따가워서 도저히 참을 수가 없습니다."

"하지만 그렇게 할 수가 없구나."

"예?"

담기명이 깜짝 놀란 표정으로 형을 보았다. 힘든 일도 아닌데 안 된다니. 하지만 이내 한 걸음 물러섰다.

"그러면 어쩔 수 없지요."

형님이 아무런 이유도 없이 이렇게 말했을 리가 없다는데 생각이 미친 것이었다.

"일단 무결이와 마부들을 데리고 저쪽으로 좀 가 있어라."

"뭘 하시게요?"

담기명이 궁금한 마음에 물었지만, 담기령은 대답 대신 손을 휘저으며 마용문 등이 타고 있는 마차로 향했다.

"여행은 편안하시오?"

질문은 마용문에게 했지만, 대답은 오규산의 입에서 나왔다.

"뭐, 묶여 있는 것만 빼면 그리 불편하지 않소."

"하지만 묶인 걸 풀어 줄 수는 없는데?"

"하하, 걱정 마시오. 이걸 풀어 달라고 할 정도로 눈치가 없지는 않으니까."

"다행이군. 그럼 잠시 내리겠나?"

"음?"

갑작스러운 이야기에 오규산이 고개를 갸웃거렸다. 낮 시간에는 이렇게 쉴 때도 자신들은 절대 마차에서 내리지 못하게 했던 탓이다.

"잠시 이야기를 좀 나눴으면 해서 말이지."

의미심장한 담기령의 표정에 오규산이 입꼬리를 말아 올렸다.

"뭐, 까짓거 이야기하는 게 힘들겠소?"

또 정보를 달라는 이야기를 할 것이다. 오는 길에도 담기령은 몇 번이나 정보를 내놓으라고 말을 했지만, 그동안은 절대 말을 하지 않고 입을 다물고 있던 그였다. 하지만 이제는 때가 된 것 같았다. 정보의 가격을 올릴 때가.

오규산의 대답에 담기령이 손을 뻗어 오규산의 두 발을

묶고 있는 밧줄을 풀고, 점혈되어 있는 두 다리의 혈도를 해혈했다.

"자, 가지."

오규산이 마차에서 내려 담기령을 따라간 후, 마차 안에는 마용문과 왕유생, 두 사람만이 남게 되었다. 잠시 바깥의 동정을 살피던 마용문이 한껏 목소리를 낮춰 왕유생을 불렀다.

"왕 향주."

"예, 당주님."

왕유생이 죄스러운 얼굴로 마용문을 보았다. 사실 이렇게까지 된 것은 그의 의지가 아니었다.

담기령의 모습에 갑자기 몸이 말을 안 들었고, 때마침 곁에 다가온 오규산의 행동에 어쩔 수 없이 함께 움직였다. 그러다가 이런 상황까지 온 것이었다.

그나마 다행인 건, 담기령이 자신에게는 정보를 내놓으라고 말하지 않는다는 것과 마용문이 자신을 그리 질책하지 않고 있다는 정도였다. 그렇다 해도 좌불안석인 건 마찬가지였지만, 만약 정보를 요구하거나 마용문이 자신까지 오규산과 같은 취급을 했다면 더욱 힘들었을 것이다.

마용문이 은근한 목소리로 말했다.

"나는 더 이상 살고 싶다는 생각은 없네."

"헉! 당주님, 어찌 그런 말씀을!"

"쉿, 조용히!"

깜짝 놀라 외치는 왕유생의 행동에 마용문이 눈을 부라리며 다급히 말했다.

"아, 알겠습니다."

"내 목숨이야 이미 포기한 참이지만, 한 가지는 포기할 수가 없네."

"한 가지라니요?"

"오규산, 저놈의 입을 막아야 하네."

"아!"

왕유생이 그제야 무슨 말인지 이해했다는 듯 고개를 끄덕였다.

"그러니 나중에 틈을 봐서 오규산, 저놈을 제거해야 하네."

"하, 하지만 그랬다가는!"

왕유생이 기겁한 표정으로 외쳤다. 그런 짓을 했다가는 담기령이 자신들을 그냥 두지 않을 게 빤했다.

"지금 우리 목숨 따위가 중요한가? 자네는 이미 도주님께 충성을 맹세하지 않았나! 그러니 마지막까지 우리의 일을 하고 깨끗하게 생을 마감하자는 걸세."

"그, 그렇습니다만……."

왕유생이 기어 들어가는 목소리로 고개를 끄덕였다. 하

지만 그날, 마을에서 담기령의 모습에 겁부터 집어먹고 뒷걸음쳤던 그때 이후로 그는 모든 일에 자신이 없었다.

조금만 큰 소리가 나도 괜히 저도 모르게 움찔거리게 되고, 자신에게 말을 걸면 어떡하나 싶어 고개만 숙이게 되는 것이다.

'내가 도대체 왜?'

왜 이렇게 갑자기 겁이 많아졌는지 이해가 되지 않았다. 한때는 배를 타고 바다를 누비며 거칠 것이 없었는데 말이다.

"후우!"

길게 한숨을 내뱉는 왕유생을 향해 마용문이 대답을 종용했다.

"어쩌겠는가?"

"그, 그것이……."

"설마 자네도 저 빌어먹을 담가 놈에게 붙겠다는 건 아니겠지?"

날카로운 목소리로 추궁하는 마용문의 서슬에 왕유생이 황급히 고개를 내저었다.

"아, 아닙니다. 그, 그런데 만약 오 향주가 이미 말을 했으면 어떻게 합니까?"

"놈이 누차 하던 말을 잊었는가? 그런 이기적인 놈이

더 얻을 수 있는 걸 놓치지 않을 걸세."

오규산은 정보를 요구하는 담기령에게 무림맹에 가서 맹주의 약속을 받은 후에 말하겠다고 했다. 마용문이 보아도 그쪽이 조금 더 나을 것 같았다. 그러니 오규산이 그리하지는 않을 거라 생각한 것이었다.

"예."

"어떡하겠나? 나를 따라 주겠나?"

거듭된 마용문의 강요에 가까운 말에 왕유생이 힘겹게 고개를 끄덕였다.

"알겠습니다."

"잘 생각했네. 그나저나 이놈은 왜 안 오는 거지? 설마 이미 말한 건 아니겠지?"

생각해 보니 꽤 시간이 흘렀는데도 오규산이 돌아오지 않았다. 방금 전 제 입으로 그러지 않을 거라 말했음에도 괜한 불안감이 밀려왔다.

두 사람이 이야기를 끝내고도 한 식경은 지난 후에야 마차 문이 열렸다.

그런데 아까 오규산이 나갈 때와는 뭔가 분위기가 달랐다. 꽤 밝은 얼굴로 미소를 짓고 있는 담기령과 묘하게 답답하고 불안한 표정을 짓고 있는 오규산의 모습이 뭔가 이상했다.

오규산이 마차에 올라 자리에 앉자 담기령이 두 발을 묶고 혈도를 점혈했다. 그러고는 슬쩍 방향을 틀어 이번에는 왕유생의 두 발을 풀어 주고 혈도를 해혈시켰다.

“잠시 이야기 좀 나누겠소?”

“무, 무슨 이야기를 하자는 거요?”

“일단 나오시오. 가 보면 알게 될 테니.”

왕유생이 주춤거리며 자리에서 일어나 슬쩍 마용문의 눈치를 살폈다. 마용문은 절대 아무 말도 하지 말라는 듯 괴이한 표정을 지어 보이고 있었다.

왕유생이 마차 밖으로 나오자 담기령이 문을 닫으려다 멈칫하더니 오규산을 향해 말했다.

“이야기 잘 들었네.”

그러고는 마차 문을 닫아 버렸다.

“무, 무슨 이야기를 들었다는 거요?”

밖에 서 있던 왕유생이 불안한 목소리로 물었지만, 담기령은 아무런 대답 없이 앞장서 걸었다.

“갑시다.”

“그, 그러시오.”

왕유생은 불안한 표정으로 담기령을 따라 앞쪽의 마차에 올라탔다.

담기령은 왕유생을 자리에 앉힌 후, 자신은 그 맞은편에 앉았다.

"오 향주로부터 이야기를 모두 들었소. 당신들의 도주는 반란을 획책하고 있더군."

"헉! 그, 그럼 오 향주가!"

숨이 막히는 기분이었다. 분명 무림맹에 가서 말할 거라 했는데, 벌써 입을 열었단 말인가. 그러고 보면 나갈 때 오규산의 표정이 평소와는 조금 달라 보였다.

담기령이 급히 손을 들어 왕유생을 진정시키며 말했다.

"자자, 조용히 하고 내 말을 마저 들으시오."

"무, 무슨 말을?"

"나는 좀 더 정확한 정보를 원하오. 그런데 오 향주가 나에게 진짜 사실을 말했는지 확신이 서지 않는단 말이오. 그러니 왕 향주가 이야기를 좀 해 주시오. 그러면 내 왕 향주의 신변의 안전은 보장해 주겠소."

"그럴 수 없소!"

왕유생이 반사적으로 고개를 내저었다. 방금 전 마용문과 이야기를 나눈 참인데 곧바로 배신을 할 수는 없었다.

그런 왕유생을 향해 담기령이 달래듯 말했다.

"진정하고 내 말을 들어 보시오. 지금 나는 왕 향주에게 기회를 주는 겁니다."

담기령은 말을 하는 와중에 은근슬쩍 왕유생을 향한 말

을 존대로 바꾸었다.

"기, 기회라니?"

"방금 말하지 않았습니까? 오 향주에게 이미 들었지만, 왕 향주에게 사실인지를 확인하고 싶다고."

"그게 어째서 기회라는 거요?"

"그 역시도 말씀을 드렸습니다. 말씀을 해 주신다면 왕 향주의 안전은 내가 보장을 해 주겠다고."

"그 약속을 어찌 믿는단 말이오?"

"저는 한 가문을 이끄는 가주인 동시에, 절강무련이라는 커다란 세력의 수장이기도 합니다. 그런 위치에 있는 제가 한 입으로 두말을 할 것 같습니까?"

"그, 그렇지만……."

왕유생이 괴로운 표정으로 제 입술을 짓씹었다. 도저히 어찌해야 할지 마음을 정할 수가 없었다.

담기령이 등을 기대고 창밖으로 시선을 돌리며 말했다.

"잠시 생각할 시간을 드리겠습니다."

"으음……."

왕유생이 홀로 생각에 잠기는 것을 확인한 담기령은 긴장하고 있는 표정으로 숨기기 위해 아예 팔짱을 끼고 눈을 감아 버렸다.

'먹히려나?'

담기령은 이번 정보를 쥐는 것에 큰 의미를 두고 있었다. 무림맹보다 먼저 정보를 쥐게 되면 일단 우위를 점할 수 있기 때문이었다.

담씨세가는 절강성 안에서야 절강무련의 련주 가문였지만, 중원무림 전체를 두고 보면 아직 이름 없는 지방의 작은 세가일 뿐이었다.

그러니 지금껏 변방으로 취급받던 절강무련과 무명이나 다름없는 담씨세가를 제대로 각인시키기 위해서는 이 정보가 꼭 필요했다.

물론, 오규산에게 그가 원하는 것을 모두 주고 정보를 얻을 수도 있었다. 하지만 그것은 담기령이 생각하는 정도를 넘어서는 일이었다.

담기령이 생각하는 정보의 대가는, 약간의 돈과 자유롭게 그를 풀어 주는 것이 한계였다. 하지만 오규산은 그보다 더 많은 것을 원했다. 자신에게는 과분한 돈과 이름을 바꾸고 정착할 수 있는 새로운 신분을 원했다.

아무리 담기령이 급하더라도 지금까지 절강성의 양민들을 괴롭혔던 놈들 중 하나에게 그 정도 대가를 치를 수는 없었다.

그래서 왕유생을 상대로 도박을 벌였다.

오규산에게 아무것도 들은 것이 없었지만, 이미 모두 알고 있는 척 이야기를 시작하면서 그에게 정보를 얻으려는 것이었다.

왕유생에게 모든 것을 알고 있다는 느낌을 주기 위해 반란을 획책하고 있다는 이야기를 한 것부터가 도박의 시작이었다. 이놈들은 중원 전역에서 유황을 밀거래하고, 곳곳에 거점을 만들었으며, 화약까지 만들었다. 단순히 그러한 사실만으로도 충분히 '반역'이 성립되기에 던진 한 수. 그리고 그 결과는 오히려 담기령이 놀랄 정도였다. 왕유생의 얼굴은 진짜 역모를 꾀하고 있다가 들킨 반응이었기 때문이다.

어쨌든 그렇게 던진 한 수는 제대로 먹혔고, 이제는 왕유생이 원하는 답을 들려주기를 기대하는 수밖에 없었다.

그렇게 꽤 긴 정적이 흘렀다.

"다, 담 련주……."

귓전으로 들린 소리에 담기령이 애써 웃는 표정으로 말했다.

"결정을 하셨습니까?"

"그, 그렇소."

"그럼 말씀하시지요."

"그전에 한 가지 확답을 해 주시오."

"무슨 확답을 말씀하시는 겁니까?"

담기령은 일부러 모르는 척 되물었다.

"내 신변의 안전을 보장해 준다는 것 말이오."

"말씀을 해 주신다면 지금 이 자리에서 넉넉한 여비와 함께 바로 풀어 드릴 겁니다."

"약속해 주시오."

"네, 약속하겠습니다."

담기령이 무겁게 고개를 끄덕였다. 그와 동시에 왕유생이 긴 한숨을 내쉬며 말했다.

"그럼 그 확인이라는 걸 어떻게 해 주면 되겠소?"

"알고 있는 걸 다 말해 주십시오."

"모두?"

"믿지 못하는 것은 아니지만, 좀 더 확실히 하기 위해서 그러는 겁니다."

"그게 무슨?"

"제가 왕 향주에게 들었던 이야기를 오 향주께 들려드렸을 때, 오 향주께서 틀린 이야기도 옳은 것이라 말할 수도 있다는 이야기입니다."

왕유생이 황급히 고개를 저었다.

"그럴 생각은 없소."

"하지만 왕 향주와 나는 얼마 전까지만 해도 서로 적대시하던 관계입니다. 그러니 저도 전적으로 믿을 수는 없지 않겠습니까?"

"하지만 나는 담 련주의 약속을 믿고 있소."

"그러니 말씀해 주십시오."

왕유생이 다시 고민에 잠겼다. 사실 그리 고민할 일은 아니었다. 이미 말을 하기로 마음을 먹었는데, 그 방법이 무엇이든 무슨 상관이 있겠는가. 하지만 전적으로 믿지 못한다는 말을 듣고 나니, 자신도 담기령을 완전히 신뢰할 수 없다는 생각이 든 것이었다.

그때, 담기령이 조금 냉담한 표정으로 말했다.

"믿지 못하시겠다면 이 이야기는 없던 걸로 하겠습니다."

"자, 잠깐!"

왕유생이 다급한 목소리로 외쳤다.

"네?"

"말하겠소."

어차피 말하기로 마음먹었다. 말을 하지 않고 뒤로 돌아가 봐야 마용문이 아까 말했던 것을 강요할 게 빤했다. 하지만 그는 더 이상 이 일에 얽히고 싶지가 않았다.

"네, 말씀하십시오."

"어디부터 말을 해야 하오?"

잠시 고민하던 담기령이 불쑥 말했다.

"도주, 도주라 불리는 그에 대해 말씀해 주십시오."

"그분, 아니, 그의 이름은 주귀원. 자칭 오왕부의 번왕이오."

순간, 담기령은 저도 모르게 터져 나오려는 당혹성을 억지로 집어삼켰다.

'오왕부! 그러고 보면 그때…….'

처음 중원으로 왔을 때 그가 받은 구씨세가 무인의 철패에 씌어 있던 글자가 바로 '오'였다.

담기령은 애써 침착한 목소리로 말을 이었다.

"계속 말씀하십시오."

"과거 영락제가 황권을 강탈했을 당시 건문제의 형제들이 가지고 있던 번국의 왕권이 모두 몰수되었소. 도주가 자신들을 오왕부라 칭하는 이유는, 그때 당시 몰락한 항주 오왕부의 후손이기 때문이오. 모두 죽었다고 알려졌지만, 당시 오왕부는 운이 좋았던 덕에 소유하고 있던 군사를 모두 이끌고 바다로 피신할 수 있었소."

담기령으로서는 잘 모르는 이야기였다. 하지만 이야기의 골자는 충분히 파악이 되었다.

황위를 잃은 황제의 형제가 운 좋게 몸을 화를 피했고, 그 후손들이 무언가 일을 벌이고 있다는 뜻이었다.

그리고 그 '어떤 일'이라는 건 굳이 듣지 않아도 짐작할 수 있는 내용이었다. 중원 각지에 하가촌 같은 거점을 만들어 놓았다면 빤한 일이다.

'진짜 역모를 준비하고 있었군.'

담기령은 놀란 마음을 애써 진정시키며 고개를 끄덕였고, 왕유생의 이야기가 이어졌다.

아주 많은 이야기가 왕유생의 입을 통해 나왔다. 너무 많고 긴 이야기인 탓에 아무런 말도 없는 것을 이상하게 여긴 담기명과 백무결이 몇 번이나 마차로 찾아올 정도였다.

왕유생의 이야기는 해가 지고 휘영청 달이 떠오르고 나서도 한참을 이어졌다. 그 덕에 담기령 일행은 그날 예정에 없던 노숙을 하게 되었다.

그리고 다시 아침이 밝았다.

"받으시오."

"이건?"

"전표요. 이 정도라면 여비를 하고도 어디 사람이 없는 곳에 조용히 터는 잡을 수 있을 거요."

담기령이 건넨 것은 은자 백 냥짜리 전표였다. 어마어마한 거금은 아니지만, 그래도 여비로 쓰고 남는 돈으로 몸을 뉘일 집과 전답 약간은 살 수 있는 금액이었다.

"그, 그럼 나는 이만 가도 되는 것이오?"

"이미 밧줄도 풀어 주었고 혈도도 해혈하지 않았소?"

담기령이 은근슬쩍 말투를 고쳤다. 하지만 왕유생은 어제부터 너무 긴장한 탓에 담기령이 잠깐 동안 자신에게 존대를 했다는 것도 인식하지 못하고 있었다.

"그, 그럼 나는 이제 정말……."

"가시오. 그리고 두 번 다시 내 눈에 띄지 마시오."

"물론이오."

손을 뻗어 전표를 받아 품 안에 넣은 왕유생이 다급하게 관도를 따라 걸었다.

그런 왕유생의 뒷모습을 보며 담기령은 저도 모르게 긴 한숨을 내쉬었다. 지난밤 들은 놀라운 이야기에 아직도 제대로 정신을 수습하기가 힘들었다.

하지만 이로써 한 가지는 분명해졌다.

무림맹은 물론, 항주에 있는 현재의 오왕부와 남궁세가를 상대로 담씨세가가 확실하게 앞서 있다는 것.

그때, 담기명이 조심스레 다가와 물었다.

"형님, 저대로 보내도 되는 겁니까?"

"마음에 드는 자는 아니지만, 약속을 했으니 보내는 것이 맞다. 게다가 어젯밤 그가 전해 준 정보는 충분히 그럴 만한 가치가 있었다."

"다행스러운 일이군요."

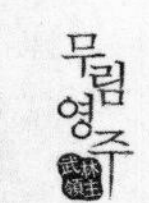

담기명의 말에 담기령이 고개를 저었다.

"아니, 이제부터 진짜 긴장해야 한다."

"예?"

"근시일 내에 정말 큰 전쟁이 일어날 것이다."

〈『무림영주』 제7권에서 계속〉

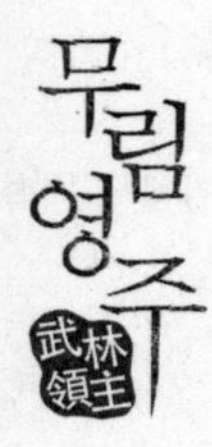

1판 1쇄 찍음 2013년 10월 23일
1판 1쇄 펴냄 2013년 10월 29일

지은이 | 윤지겸
펴낸이 | 정 필
펴낸곳 | 도서출판 **뿔미디어**

편집장 | 이재권
기획 · 편집 | 문정흠
편집디자인 | 이진선

출판등록 | 2002년 9월 11일 (제1081-1-132호)
주소 | 부천시 원미구 상3동 533-3 아트프라자 503호 (우)420-861
전화 | 032)651-6513 / 팩스 032)651-6094
E-mail | bbulmedia@hanmail.net

값 8,000원

ISBN 978-89-6775-916-2 04810
ISBN 978-89-6775-211-8 04810 (세트)

※파본은 구입하신 서점에서 교환하여 드립니다.

http://www.bbulmedia.com

http://www.bbulmedia.com